真实打动世界

真故

女性叙事

雷磊 主编

台海出版社

图书在版编目（CIP）数据

真故：女性叙事 / 雷磊主编 . -- 北京 ：台海出版社，2019.11（2020.8重印）

ISBN 978-7-5168-2452-8

Ⅰ．①真… Ⅱ．①雷… Ⅲ．①故事—作品集—中国—当代 Ⅳ．① I247.81

中国版本图书馆 CIP 数据核字（2019）第 228950 号

真故：女性叙事

主　　编：雷　磊			
责任编辑：王　萍		出版统筹：殷颜晓	
内容编辑：张舒婷		封面设计：曾　杏	
内文版式：王晓园		责任印制：蔡　旭	

出版发行：台海出版社

地　　址：北京市东城区景山东街 20 号　　　邮政编码：100009

电　　话：010-64041652（发行，邮购）

传　　真：010-84045799（总编室）

网　　址：www.taimeng.org.cn/thcbs/default.htm

E－mail：thcbs@126.com

经　　销：全国各地新华书店

印　　刷：北京中科印刷有限公司

本书如有破损、缺页、装订错误，请与本社联系调换

开　　本：787mm×1092mm		1/32	
字　　数：160千字		印　　张：8	
版　　次：2019年11月第1版		印　　次：2020年8月第4次印刷	
书　　号：ISBN 978-7-5168-2452-8			
定　　价：35.80元			

目录

第一章 共生

最强大的病人

打击接踵而至，我们总幻想在平行人生里，有更好的际遇，却忽略了在千疮百孔的现实里，也有始终放不下的东西。

一

2008 年 8 月 8 日这天，全国人民都挤在电视前，收看奥林匹克运动会，除了我。一晚上，我守在手术室门口，愣愣盯着医院的白墙，等着医生告知我父亲的抢救结果。

这是父亲第二次了断自己。他打碎了啤酒瓶，用碎玻璃块割开了腿上的大动脉，血流了一地。36 岁的父亲，还在轮椅的坐垫下，留了封遗书。

从我记事起，父亲不是躺在床上就是坐在轮椅上。他的黄金时代，永远停顿在了 21 岁。那年父亲在工地干活，安全设施不到位，他从高楼上失足摔下，虽未致命，但下半身瘫痪。由于瘫痪，父亲大小便失禁。突如其来的事故，让他一夜之间，从家里的顶梁柱变回了无法照顾自己的婴儿。

那是父亲结婚的第二年，我才出生不到 5 个月。如此过了半年，母亲便改了嫁，从我们的生活里彻底消失。

我和父亲与爷爷奶奶住在一起。大伯一家，也住在同一个院子。院门外是两米宽的暗红土路，大山能尽收眼底。我们所在的小镇，位于四川省西南边陲，经济落后，年轻人多在外打工。

父亲失去了劳动能力，也仿佛被社会抛弃。原来在镇上出了名的活泼的他，开始天天躲在家里。有人来探望，他脸色一沉，不断跟奶奶强调："把我房门关紧。"起初，与父亲一同长大的哥们兄弟还来看望，但父亲总闭门不见，渐渐地便没人再登门。

父亲切断了一切联系，开始自暴自弃。有东西掉在离床很远的地上，他躺在床上够不到，又闻出自己拉了一裤子，也无奈。类似的窘境不知重复了多少次。

大伯看到父亲每天躲在屋子里不见天日，给父亲买了辆电动三轮车，还把院子里的所有入口都改建成了坡道，方便父亲进出。

听奶奶讲，我刚会走的时候，她和爷爷下地干活，父亲留在家。那时墙角放着一堆砖块，垒得高高低低。趁父亲没注意，顽皮的我踩着砖爬上了墙头。父亲发现后，把电动三轮车开到墙根，想伸手抱我下来，但怎么伸都差那么一段。见我趴在墙头上大哭，父亲着急，找了条梯子倚在墙上，想从车上起来往上爬。但被腿拖累，父亲连人带梯翻倒在了地上。

我的哭声引来了邻居。邻居把我抱下来后，也把灰头土脸的父亲扶起来。傍晚爷爷奶奶回家时，父亲仍铁青着一张脸。

此后，他自行把活动范围限制在院子里，大门不出，二门不迈。孩子处在危险中，自己却无能为力，这一点击溃了父亲仅剩的勇气。

二

看着父亲越发消沉，爷爷奶奶使了一计。

一天，他们假装去田里干活，忘记接我，然后打电话给父亲说，赶不及去学校，让父亲赶紧开着电动三轮车接我。那天放学后，我在学校里等了一个多小时，见天慢慢暗下来，委屈地放声大哭。泪眼模糊里，突然看到父亲的身影，我跳了起来，奔到他面前，鼻涕蹭了他一腿。父亲找不着纸，只翻来覆去地用衣角给我擦脸。

奶奶后来说，那天她和爷爷一直躲在学校附近的小胡同里，看到我急哭了，想要上前时，才终于看到了父亲。

意识到自己仍有用场，从那以后，父亲才开始慢慢"走"出家门，买菜购物。他越来越能熟练地依靠上半身的力量，把自己从床上挪到车上，再从车上挪到床上。晚饭后，他也会坐在电动三轮车上，开到街上和大家闲聊，直到一次，他在聊天时尿了裤子。

父亲自己并不知晓，却被一个和我差不多年龄的男孩看到了。"尿裤子了！王婧她爸爸尿裤子了！"

我在一旁玩耍，听到声音，呆呆地朝父亲望去，却没看见他的脸，只看到他慌张的背影。父亲急急开着车往家的方向赶，三轮车左右晃动，刚开进家门口，就听见轰的一声，车轮碰在了院墙上。

热辣辣的目光，一道道投在我脸上，我像被一根针扯得乱七八糟的毛衣，低着头，死盯着父亲留下的车辙，松松垮垮地回了家。

那天晚上，我脑子里好像有一台复读机，不断重复着"王婧她爸爸尿裤子了"。父亲哄我入睡时，接连说了好几句对不起。我不知道如何回应，只好假装睡着了。

之后有一个月，父亲都没出门。后来每次外出前，他都会确定自己已经排泄完毕。如果这一天，父亲没有上过厕所，他就会待在家里，枯坐一日。

三

父亲的第一次自我了断，发生在我 10 岁生日那天。他一早就出发，去市场上给我买裙子，天黑透时才回家，却是被人送回来的。

来人讲父亲跌进了路旁一米多深的沟里，不喊不叫不动，不知过了多久，过路的人看见，才将他拉了上来。车摔坏了，好在人没什么大碍，头上沾了点银蒿叶。

我记得那条路不窄，父亲的车技也高，想问经过，但父亲闭口不提怎么会将车开进沟里，只把买回的裙子递给我。哑着声音，唱了首生日歌后，他就回到了自己的卧室。

没有人知道，父亲怀里藏着一瓶从市场上买来的农药。第二天早上，奶奶喊父亲吃饭才发现，他床边立着一个空空的农药瓶。一家人惶恐地送父亲去医院。不幸中的万幸，他买的农药浓度不足，是掺了水的假药。父亲捡回了一命。

原来那天，父亲在市场上看到了我的母亲，她挎着一个男人，牵着比我小几岁的女孩，笑容灿烂。

从小，奶奶就和我说："你妈死了。"母亲的这次"复活"，让10岁的我隐约体会到父亲的难过，却不理解他的绝望。当时的我，不明白他看到的不仅是他深爱的女人，还是他原本可以拥有的人生。

父亲出院后，爷爷在他床边架了张小床，自己睡在那。父亲去哪，爷爷都嘱咐我在后面悄悄盯着。奶奶对我说过次数最多的一句话也是："婧婧，去看看你爸在干啥。"

后来，母亲来过一次。那天放学，同班的一个男孩跑到我面前："王婧王婧，你妈来了。""谁说的，我没妈，我妈死了。"

"真的，我刚听王婶和我妈说的，她还说你奶奶堵在门口不让你妈进院子呢。"

我一溜烟地往家跑，躲在门口的砖堆后面，看见一个穿格子大衣的女人，抹着泪从我家走出来。

这是我第一次也是唯一一次见到我妈。我定定地看着眼前这个陌生女人，突然想到被父亲喝空的农药瓶，心里有种奇怪而愤恨的感觉。她的身影消失后，我也决定，不会再去见她。她是母亲，我想知道她长什么样，但也仅此而已。

等到奶奶把眼泪擦干净，爷爷把门口被碰倒的扫帚扶起来，等到父亲叹完气，我假装什么都没发生，像往常一样跑进院门口，暗暗祈祷，我们的生活也能照常进行。

四

后来，我上初中后开始寄宿，每星期回一次家，与父亲相处的时间变少。几次见到我，父亲都欲言又止，有一天终于他开口："婧婧，怎么都不带同学回家玩？"

我说："同学家都离学校近，咱家离学校远，他们爸妈不放心。"

我知道父亲既害怕我带同学回家，又担心剥夺我的乐趣。他怕自己不合时宜地拉裤子让我难堪，更不想失去父亲的尊严。

15岁那年，五一放假回家时，我才知道爷爷突发脑溢血，住进了医院。奶奶和大伯轮流看护爷爷，父亲也需要照顾，他们家里医院两头跑。大伯忙得顾不上自己的小家，伯娘一人忙里忙外。

一个月后，爷爷出院。伯娘提议分家，被大伯斥责。夜晚，两人大吵。我捂紧被子，仍听到了一句怒吼："那是我弟弟，怎么样我都不能扔下他不管！"我屏住了呼吸，从门缝往外看，父亲和奶奶的房间都熄了灯，黑漆漆一片。

第二天清晨，伯娘就回了娘家，并提出离婚。父亲让大伯接伯娘回家，大伯去接了两次，伯娘才同意回来。

两个月后，父亲留下了一封遗书，用碎玻璃割开了腿上的大动脉。遗书上只有一句话："别再救我了，我这辈子过得很知足。"我明白，父亲这样说，是不想让自己在死后，仍像块石头，梗在家人心上。

但这回，父亲又被抢救了回来。他昏迷了两天两夜，醒来时，伯娘第一个哭出了声："你傻不傻，大嫂不是冲你，我是和你大哥怄气。你要是出事，我和你大哥还能好吗？再有，你不想看着婧婧结婚啊？"

伯娘说到这儿，一脸失落、继而木然的父亲，突然哭出声来。父亲出院后，我去上学的前一晚，给他写了一封信，偷偷塞到了他房间。

"爸，别怕。你之前说，得知自己瘫痪时想了断，是突然啼哭的我，把您拉了回来。爸，如今我懂事了，不再哭闹了，你就想留下我一个人吗……"

五

再回家时，我们默契地没有提起那封信，但感觉父亲的精神明显好转，让我放心了许多。

2011年，我考上了大学。父亲当年初中未毕业就辍学打工，我收到通知书的那晚，从不喝酒的他，高兴地饮了几杯白酒。

饭后，我陪父亲到院门口透气。忽然，父亲从衣袋里掏出一张叠得整整齐齐的纸，有些不知所措。愣了一会儿，他清了清嗓子，说："有件事，爸一直没和你说。"

我用手攥了攥衣角，感觉手心出了汗。父亲把那张皱巴巴的纸，小心翼翼地打开："这是你妈的地址。她来过一次，想看看你，你奶奶没让，你妈就留了地址。纸条被你奶奶扔了，爸又给捡了回来。"说完父亲把纸递到我手上，缓缓将车开进院子。

我独自站在门口，打开纸张，折痕处马上就要断开。这张纸，父亲究竟开开合合过多少次？他不知道的是，我一直选择的都是他。

上大学后，不想增添家里的负担，我积极地找兼职挣学费，也在大二做暑期工时，认识了男朋友刘超。考虑到感情稳定，大学毕业前，我和父亲视频通话时，告诉他要带男朋友回家。父亲听了，转头就兴奋地喊爷爷奶奶。

两个月后，我和刘超一起回家。父亲并没有坐在院门口等我。他躺在床上，精神萎靡。奶奶解释，父亲的便秘加重了。

由于瘫痪，父亲非躺即坐，运动量不够，便秘一直是顽疾，近期他的忧心忡忡，更使身体状态越变越差。

奶奶把我拉到一边："自从你爸知道你要带男朋友回来，每天吃得很少，水能不喝就不喝。我一开始不知道怎么回事，后来看到你爸往本上写什么东西。他把一天大小便的时间都记下来了。"

父亲连着记了两个月。他想明确自己会排泄的时间段，这样心里有数，不至于让我难堪。

擦了擦泪，我带刘超进了父亲的卧室："爸，这是刘超，他学医的，以后会当医生呢。"父亲见是我，脸上有了笑意，挣扎着坐了起来，连连点头。

刘超每天嘱咐父亲吃药，陪着他吃饭，爷俩会坐在院子门口聊天。我问他们在说什么，刘超总摆摆手："男人之间的秘密。"每次发现父亲大小便，刘超总装作没闻到气味，一脸坦然，私下和我说："你得早点让我做你爸的女婿，这样是一家人，王叔就不尴尬了。"我听了心里暗喜，觉得一切顺利。

直到我和刘超谈婚论嫁，在双方家长见面一个月后，我收到了刘超发来的微信，他母亲以绝食反对婚事："王叔一直说，我们结婚后，他就去住养老院，不会拖累我们……但我真不能因为这样，逼得我妈没活路。"

这不让我意外，双方家长见面当天，我就看出了刘超母亲的脸色变化。和刘超分手后，我和父亲说，因为他的工作调动，距离让我们分开了。父亲将信将疑，没说一句话。

六

爷爷奶奶担心父亲再做傻事，对父亲寸步不离。但这一次，父亲没有因此消极，反而开始尝试网上兼职，做淘宝客服。这回换我欲言又止，踌躇了几番。最后父亲先开了口："婧婧放心，爸爸不会那样做了。"

如此几月，父亲行动如常，我们才放下心来。至于他做淘宝客服的情况如何，我从不多问，父亲有事情忙碌，在我看来更加安全。他生日时，我送了他一本史铁生的《我与地坛》。父亲读得慢，一天看一两页。

我也在家乡找了份稳定的工作。攒下钱后，第一件事就是带父亲和爷爷奶奶体检。奶奶持家，同时照顾爸爸和爷爷，一生操劳，还好体检结果都正常。爷爷的身体也恢复得不错，但父亲却查出了胃癌晚期。

医生不建议再进行强度治疗。我问父亲，他叹了长长一口气，决定不接受治疗，回到家中休养。之前每回从医院出来，父亲都是死里逃生，但这一次，死神没有再给任何机会。

返家后，父亲依然每天上网兼职，慢慢翻看我送的书，仿佛什么都没有发生，我甚至觉得，这是记忆中父亲最乐观的一段日子。

史铁生曾说："死是一件不必急于求成的事，是一个必然会降临的节日。"父亲一生和自己怄气，怨怼命运，怕家人伤心。现在这样的结局，对他来说，或许也是场解脱。

今年年初，父亲去世，《我与地坛》仍未看完。我在纸上写下："爸，在那边精彩地过，记得写日记，下辈子拿给我看……希望下辈子，我们能再做父女。"

我把这段话连同书，烧给了父亲。

文 / 王婧

有两对父母的女孩

亲子关系就像一座天平，父母和子女分别处于天平的两端。不断叠加的爱意、愤怒、折磨、控诉，让这个衡器难有真正对等的一天。

一

爷爷买第一部手机的时候，大概是 20 世纪 90 年代末，那时候钱还很值钱，一个大大卷泡泡糖卖 5 毛。爷爷用一半的工资从卖牛肉的叔伯那里买了部二手手机，说是手机还不如说是缩小版的大哥大，除了打电话什么用都没有。爷爷接电话的时候把天线拉得老高，声音还是特别小，这部手机培养了爷爷在大街上吼电话的坏习惯。

几年之后，手机变得便宜了，在外打工的爸妈也都买了手机。回家过年的时候，妈妈用着洋气的翻盖手机，爸爸则是花重金买了诺基亚的直板旗舰款。我那时候上小学已经知道了游戏好玩，每年爸爸回来，我都能把他手机里游戏的最高分全刷新一次。但我不怎么玩我妈的手机。因为在我正记事的那十年，奶奶一直在我耳边说妈妈的坏话："你奶都还没断，她就跑了。你又不吃奶粉，我就只能用米糊一口口喂你。"每次听到我都恨不得哭成个泥娃娃，生怕奶奶不知道我有多感谢她把我养大。

我们那里属于湘西北，中国著名的贫困连片地区，所以年轻人都喜欢去广东打工，留守儿童特别多。

奶奶见了太多祖辈辛辛苦苦把孩子养大，结果最后都跟着妈跑了的先例。再加上小时候爸妈的关系不好，日常性地闹离婚，所以机智的奶奶才从小就对我展开"洗脑教育"——我妈是不好的，她不顾我的死活出去打工，赚得比我爸多，却一分钱不给我寄，婚内还和别的人暧昧。这些是真是假都不重要，只要我说"不喜欢妈妈，最喜欢奶奶"这样的话能逗奶奶开心就好。

我上五年级的时候，爸妈真的要离婚了，他们特意请假回老家拿了户口本和结婚证。可孩子只有一个，于是我就成了他们的争夺对象。平时提都不敢提的事情，这时候就敢大声说出来了。

我对妈妈说："我也要一部手机。"爷爷不用讨好我，他知道我最喜欢他，所以他第一个站出来反对。爸爸也不慌不忙，他知道我喜欢爷爷奶奶肯定不会跟着我妈走。只有我妈，她的眉头几次蹙紧了又松开。我眼巴巴地望着，在她眉头的正中间看到了一部向我飞过来的手机。

果不其然，颇有心计的我在五年级的时候就拥有了自己的第一部手机。虽然是小灵通，还是家庭号，但不管怎么样，我可是班上前十有手机的弄潮儿。

爸妈没离成婚，他们俩去民政局的时候不同时间出门，结果却上了同一辆公交。我爸上车的时候看到我妈已经坐在了上面，说了句"离什么离，坐辆车都要遇到你"就下车了。妈妈也没办法，迷信自己和爸爸又被命运绑上了红绳。当时我不希望他们和好，因为和好了我就捞不到好处了。而我一旦捞不到好处，爸妈对我来说就只剩了一个名头。

二

妈妈顶着全家人的压力给我买了小灵通，所以她的电话我再也不能假装不在家而不接。如果买手机之前我一年和她说十句话，那买手机之后我就和她说一百句话，直到上初中之前。

当时，上我们那里最好的初中要交6000块的建校费。6000块是一个什么样的概念，爷爷不吃不喝半年的工资，爸妈攒一年才能存下来的钱。那时候家里还有之前乡下修房子的欠款要还，爸妈刚结束了长达5年的婚姻攻防战，才定下心来要好好过日子就遇到了这么一件事。

妈妈在电话里问我愿不愿意上×中，那个学校很烂但是不用交建校费。只有我们小学班上倒数才会考虑那个地方，因为怕没书读，可我学习成绩一直是班上前五。那边声音还响着，我就把电话一扔撇着嘴跑回了自己房间。妈妈很生气，我挂了她电话，我总是挂她电话，我甚至可以为了看动画片不接她的电话。那时候我和妈妈的关系就像是生意场上的甲方乙方，她出钱购买一种作为母亲的体验，而我负责提供一种关于贴心小棉袄的表演，不过我这个乙方总不合格。

她马上拨了一个电话到我的小灵通，一按接听键，我们俩就对吼。我说："我不要你这个妈！你从来都没有接我放过学！"然后她扔过来一句"死老浅"，意思是老不死的。

十一二岁的我早就意识到自己是一个留守儿童。遇到下雨没有带伞的时候，其他的小孩都是爸爸妈妈骑着自行车或者摩托车来接，只有我因为爷爷经常外出，都是奶奶步行过来接我。她总是打着一把黑色的大伞，穿着一件绣着梅花的紫色毛绒衫最后一个出现在教室门口。更小的时候是感动的，会抢着要帮奶奶打伞，说："奶奶以后我也要接你。"但大了之后，除了感动会觉得羞耻。

爸爸妈妈不在家，一定是出去打工了，在我们那里这几乎是可以和贫穷画等号的。我最好的朋友家里太有钱了，她家在她四年级时就买了电脑，我不服输也会开始吹牛："我们家好几个房间都有电脑。"可其实我连生日蛋糕都买不起。

奶奶爷爷经常会让我叫妈妈回来带我，本来觉得挺幸福的我，感到了两对夫妇之间的排异反应。所以我是什么？一个皮球，一个婚姻的砝码，和父母一次亲近的附庸……

"你等着，我现在就回来带你。我回来就拉着你一起跳江，你是我生出来的，你这么混账，我也要把你带走。"妈妈在手机那头也崩溃了，这句话过了十多年，我都依然能够在耳蜗里复刻当时的每一个音调。然后，我就把五年级那会儿的战利品给摔了个稀巴烂，我再也不要听到她的声音。

爷爷把手机捡起来，说了一句："我来想办法。"

三

那时候离交学费没几天了，他能想啥办法。一个50多岁就要退休的会计，晚上七八点夹了一个黑皮包就去了单位，回来的时候皮包鼓鼓的。在客厅里坐下之后，爷爷把我叫过去开了一次家庭会议。"这些钱是公家的，不好好读书爷爷就白借了。"那些钱是他借用单位的公款。虽然之后都还上了，但以爷爷的性格做这样的事，我知道他是真的走投无路了。穷都是一窝穷，把亲戚朋友榨干了都一时半会儿挤不出 6000 块钱。

几天后我和爷爷一起去交钱，他把那 6000 块现金包在塑料袋里，又藏在黑皮包里，最后再放进大衣里层的口袋。交费的地方是一个礼堂，收款的人摆着桌子坐在舞台上面，爷爷踮着脚才能看得到他们的脸。"拉拉是吧，钱带了吗？""带了带了。"爷爷把大衣拉链拉开，再翻出包和塑料袋，后面排队的人哧哧笑了起来。我觉得难为情，低下头脸上是烫的。

爷爷也听到了后面的人笑，但他没在意那么多，用拇指指肚沾了沾口水，把 60 张百元的票子一一数了再举上去。可舞台加上桌子太高了，我们那儿秋天湿冷穿得多行动不方便，他就把扎进秋裤里的毛衣扯了出来，这才够着桌子的台面。数钞机的声音哗啦啦地响了好一会儿，爷爷脚踮得没力气了就用手撑着舞台的沿儿，直到那人把头伸出来，说了一句"可以了"。可能是因为桌子太高了，那时候我觉得整个世界尤其庞大，全压在了爷爷的肩膀上。他不能倒，因为齐腰的地方有我。

我被直接分到了普通班，尽管这样我还是得好好读。每天早上六点半就摸黑去上学，到食堂的时候全校一个人都没有。饭堂的大妈看我来得那么早，还一边看书一边吃饭，总是给我打很多的肉。身边的女生都穿着韩庚、谢霆锋代言的衣服，只有我穿着爷爷奶奶买的"老人时尚款"，骑着一辆嘎吱嘎吱响的自行车，每天除了吃饭就是读书，但我能在课堂上把当天要学的课本全背下来。初二的时候，我已经成了年级第一了，班上所有的代课老师都争着让我当课代表。

没有爷爷，我连幼儿园都上不了。全家人除了爷爷，谁也没想到我会读书读得这么好。爸妈从没在读书上对我上心，因为小学他们带过我一年，测验总拿59分。爸爸读了多少年书就谈了多少场早恋，而我妈更厉害，小学就开始把课本撕了擦屁股。他们对我最大的期望是能找个活少钱多的工厂当普工。

爸妈感情稳定下来之后，我们家经济情况好了很多，爸爸换了一个新厂，妈妈也升了职。不过升职后她要去越南，小灵通可接不了国际长途，她出国之前回来看我，在县城里买了一部联想的国产手机给我当年级第一的奖励。那部手机我一直用了6年。

我两部手机都是我妈买的，除此之外，还有第一个生日蛋糕，第一条名牌的裙子，第一台电脑。这让她在我责怪她没有抚养我长大的时候有了底气："怎么说我不疼你？我不疼你给你花那么多钱？"我前18年和她在一起的日子加起来不满两年，每次想要寻找一些她关心我的证据，就只能找到一本本绿色的存折和上面一串串的汇款记录。我不爱我妈，也觉得她不爱我，所以我从来不唱《世上只有妈妈好》。

不对，我唱过一次，很小的时候住在乡下，出租的摩托车要几小时才出村一趟。我和爷爷赶场回来没有车，他就背着我走回去，一边背着我一边教我唱歌。我愣是把"妈妈好"改成了"爷爷好"，"爷爷"那两个字唱起来的时候，听起来特别像"叶叶"

不好听。爷爷还年轻，没有松垮的肚皮，我小脚丫时不时蹬蹬让爷爷走快点儿，他就装腔作势地跑两步。那时候天真蓝，就算农村的路上都是灰，但你知道它们不是PM2.5，最后都会变成鼻屎被抠出来。

而这些时候，爸妈都不在。

四

我十三四岁时，已经拿了年级第一，家里的钱也还得七七八八，好像什么都很美满。生于忧患死于安乐，于是，我完蛋了。

整个初中，我把所有的时间都花在了学习上，可以说是一个朋友都没有。有次语文小测要互相找人测试评分，我跑遍了整个班都没有人要和我一起。但那时候我在上《新概念英语》，也是要互相评分，有个男生竟然主动拿走了我的试卷帮我改。从那时候起，我就喜欢上了他。慢慢地，我继承了爸爸的"优良传统"。

他又高又白，篮球也打得不错。虽然他那时候成绩没我好，但是我不介意。早上等他一起上楼，他打球我就去买水，不让他一天看到我五六次我决不罢休。

我在楼梯间堵过他，给他送橙汁，不是一般的那种水货，买的是鲜橙多。一开始他还觉得不好意思，到后来十次有八次，他会直接当着我的面扔进垃圾桶，剩下的两次是回到班上再扔进垃圾桶。饮料第一次被扔的时候我掉了几滴眼泪，但那时候我正处于自信爆棚的年纪。追一个男孩子嘛，不会比做物理题难，做错了再做，追不到再追。我从来都不是那种容易因为挫败就放弃的人，在爱情上也是，并引以为傲。

直到初二的时候开家长会，老师说："这次是进初三之前的最后一次家长会，必须爸爸妈妈来开会。"班上就有调皮蛋举手问："爷爷奶奶可以吗？"老师说不可以，叔叔阿姨外公外婆都不可以。那我怎么办？我家里只有爷爷奶奶。这时候一个和我情况一样的男生举了手："老师，那爸妈在外面打工的呢？"老师说爸妈外出打工的可以是爷爷奶奶。

那时候课本上已经有了关于农民工的介绍，说他们用极其廉价的劳动力挣取酬劳，同时还忍受着工厂原料和废气蚕食着自己健康的器官。而我爸妈就是打工的，并且在家长会这种所有人都要来的场合，我的身份无所遁形，就差在额头上摁一张农民工子女的贴纸。

那时候我的自信是有多膨胀，我的自卑就有多深入骨髓。之前我还可以出于感恩，护着爷爷奶奶，但那时候不一样了，独树一帜的追求风格，让我在年级里出了名，家长会还没开呢，身边一群人起哄说我和他是见婆婆。那个男孩儿爸妈都是有单位的，我着急了，特别势利地背着爷爷奶奶给我们家最有钱的人打了个国际长途："妈，你快过来参加我的家长会。"那是我第一次主动给她打电话。

"今年家长会我妈妈帮我开。"我穿着妈妈给我买的名牌衣服对爷爷说，那时候我已经不再看得起爷爷奶奶带我去超市买的所谓高级货。奶奶不高兴了，晚上吃饭的时候冷不丁来一句："就说孩子怎么样都还是跟娘，你肯定不会想起爷爷奶奶的，都疼你妈去了。"我心虚。爷爷倒是让奶奶别再这样，我也不小了。他每天该上班上班，时不时还把他多余的高级本子当成草稿纸送给我。

一周之后，妈妈真的过来了，从越南转到一个中部小县城，到的时候连衣服都来不及回家拿就直接往我学校跑。但问题是，越南太热了，她带的最厚的衣服就是一件外套，而那时候我们家乡已经到了个位数的温度，我妈就那样在一群穿棉袄的家长里坐了一上午。她没参加过家长会，我在窗外盯着她坐得像个小学生一样端正。

她一个人在越南，英语不会说，越南语也不会，就每天手把手教那些工人怎么操作机床。她瘦了好多，也不知道在那边睡得怎么样，吃得好不好，生病了有没有人疼。上次听到爷爷说，妈妈的厂里有个同级的女工因为操作失误把手指给弄断了，落下了终生残疾。想到这里，我鼻头很酸，再想不起来她犯过什么不可饶恕的错误。

但奶奶的话我不能当成没听到："你妈还不是看你成绩好，要不然她就又不要你了。"不管是奶奶为了督促我读书，还是她担心我会抛弃她说的这些话。的确是这样的，爱妈妈就是背叛了爷爷奶奶，这种身份上的两难，从一开始就陪伴了我很多年。

后来我摆脱了青春期过分的虚荣，能毫不心虚地承认我爸妈是农民工，但还是没办法对我妈说出一句我爱她。因为同样的感冒，她只会让我憋着别咳，但爷爷奶奶会给我煮冰糖雪梨。一定是他们对我太好了，我才对爱变得如此挑剔，有时候我也会这么安慰自己。

五

纸包不住火。初三家长会开得勤，爸妈的远距离运输无法再满足我的需要，爷爷就顶替了上来。

那天开完家长会之后，因为还要接着上晚自习，所以爷爷并没有马上走，而是给我带了晚饭。我坐在教室靠前门的位置，一边玩手机一边吃饭，爷爷就守在我的旁边。妈妈买的手机是《一起去看流星雨》里面楚雨荨用的那款，虽然学校不允许带手机，但我还是一空闲就会无意识地掏出来。

正嗦着青菜呢，一个快一米八的大活人出现在门口，是喜欢的那个男生刚好来找我们班一个高个子出去打篮球。他应该看到了我的时髦到掉渣的手机吧，但是那一瞬间，我好想自己有一件隐身衣，因为爷爷也在场。

爷爷的出现暴露了我的"出身"，而且他已经开始衰老，脸上有了老人斑，背也开始佝偻。而喜欢的男生的妈妈会喷香水，背名牌包包。每次爷爷来学校我总急匆匆地进教室，急匆匆地送走他。他和我挥手打招呼，我都只能笑笑不敢回应。那时候我特别鄙视自己，每天都在日记里骂自己虚荣恶心。

我赶紧扒了几口饭就开始整理保温盒，说想起来有点急事儿，让爷爷赶快走。我哪有什么急事儿啊，那只是个借口。

爷爷一听到我有急事儿，他也着急，但是人老了，动作变得迟缓跟不上想要的速度。那时候我们的课桌桌子和椅子之间有条杠，要比膝盖高一些。爷爷年纪大了变得特别怕冷，又舍不得花钱买又薄又暖和的棉袄，上身就穿了五六件，下身还穿了棉毛裤。他站在椅子里想跨过那条横杠来帮我收桌子，提了一下脚，鞋子被横杠刮了下去，又提了一下，才蹭着横杠迈过来。我看到他裤子膝盖内侧长满了褶皱，发出棉花被压得极紧时才会发出的难听的摩擦声。

相比于小时候，爷爷脸色变得蜡黄了一些，眉毛是彻底没了，眼皮松松垮垮地耷拉着，不笑的时候脸上也有很多刀刻一样的皱纹。他边收拾边嘀咕着："这么多菜都还没吃完，你不是喜欢吃的吗？我还特意从乡下给你买的正宗黄牛肉。"

小时候爸妈都不懂事，两个人在外面打工，都不往家里寄钱。我和奶奶就巴望着爷爷那点儿工资活着，每天就是吃素，为了不让我觉得家里穷，爷爷就说吃这些都是为了健康。后来我长个儿了，爷爷就天天往楼下的一家餐馆跑。运气好的时候，他们结束营业会有做多了的肉，爷爷就端上来给我添菜。鸡肉不扛饿，顶好的是黄牛肉，爷爷跑了几年就端上来过一次。

我知道黄牛肉珍贵，虽然觉得丢脸，但还是坐下来闷头把那天的饭吃掉了。看着光掉的菜盆，爷爷笑了出来，露出了好几颗牙齿："好吃吧，乡下的牛肉是最正宗的，都没注过水。"想看又不敢看地回头瞥了一眼，喜欢的那个男生早就已经离开了教室，我这才和爷爷一起放松地笑了。

我以为那个男生会嘲笑我，但他好像并没有那么在意。我以为全世界都会因为这件事情瞧不起我，但我的父母是农民也好，或者是教师也好，其实都并不会比我这个人本身更重要。我总是把责任推卸给外在的一切，这样就可以不用承认是我自己有问题。

我想一切都是从那几年开始的。我开始承认自己的出身，不再掩饰贫穷，从一个虚荣又自负的小屁孩儿慢慢开始长大。

六

妈妈后来又调回了国内，好几年之后，分上了厂里只有管理层才有的员工宿舍。她不想一辈子只当一个流水线上的女工，所以就参加了厂里的考核。

分上房子已经是我大学快毕业的时候了，我看家里经济又好了一些，大三的时候就和妈妈说想要出国念书，在学校宿舍的阳台上我给她主动打了第二个电话。我们俩之间总是这样，谈论的话题除了钱还是钱。但随着我长大，唯一能给她带来安全感的钱，也没办法束缚我了。她在那头开心得不得了，一个不字都没有说。

然后就是长达两年的语言班，在2016年的时候我最后一次参加了语言考试。那次考试如果过不了我就出不去了，在进考场前我一直紧张得发抖。我跑到走廊里给爷爷打了个电话，一直都是这样，不知道怎么办的时候我总是会想起爷爷奶奶，而不是爸爸妈妈。而那时候我出国的一个间接原因，就是想逃离我不得不承担责任，但是内心又十分抗拒的父母。"你就这么讨厌我，要离我这么远啊？"妈妈曾经这样问过我，我就直接说是。

虽然那时候课程还没结束，但我已经拿到了可以申请的语言资格，卡里存上保证金，我就可以着手准备申请学校的步骤。十一放假的时候，我去厂里宿舍找了趟妈妈。从我的学校到爸妈的住处，要坐一个小时的大巴，然后转半个小时的公交，再骑15分钟的摩托车。这一路上公交车牌上的广告从最时髦的电影，变成房地产，然后变成治疗不孕不育的医院。到妈妈宿舍楼下的时候连广告都懒得贴了，只有路边喷着治疗梅毒和卖一些药物的电话号码。这样的渐进一直让我觉得魔幻，像是一步步从天堂走到地狱，所以我尽可能地不回家。能逃避就绝不去面对，这是一种少年特有的怯弱感。

我低着头回到家，隔着窗户看到妈妈一个人在家。大中午的，她坐在餐桌旁边吃八宝粥，电视柜上面还放着铺成一排的苹果，一箱的泡面，不满十瓶的八宝粥。她还用着我之前不要了的iPhone 4S，对着屏幕戳了好几下才有反应。那台手机太卡了，切换程序要过好久。我连忙往回走，没有进门的勇气。真幼稚啊自己，就因为读了几本关于原生家庭的破书，就开始责怪父母没有一直陪在自己身边。就是看了几篇留守儿童的报道，就认为只给钱的爱很低级。但对贫困家庭来说，什么才算是对的呢？生活其实并没有给我们另外的选择机会。就像小时候妈妈总是让我憋着不要咳嗽，因为她自己就对自己很差。她有次发烧到39摄氏度，咳得痰里都有血丝了也没有去医院。爸爸不在，她就自己捶了生姜泡水喝，裹在被子里睡了一整天，第二天照常去上班。她不是不疼我，她是外公最大的孩子，从小又当姐姐又当妈，就是没有当过女儿。

我没有再提出国的事情，而是马上参加了工作。妈妈以为我语言过不了了，立马就买了iPhone 6S，也不再吃泡面和八宝粥，还用学费在县城买了套房子养老，说如果我以后没人要就待在家里和他们一起过。她从来不催婚，我问她为什么，她说："我和你做母女的时间太短了。"

爷爷倒是一直希望我能继续读书，读研究生再出国读博，我和他说家里没到那种富裕程度。他伸长脖子，悄咪咪地伏在我的耳边，还用手遮住嘴说："爷爷有钱，存了有两三万呢，你妈不送你出去我送。"20年过去，爷爷已经比我矮半个头了。

其实留守儿童不一定要活得像新闻里那么悲惨，我就是一个有两对父母的女孩子嘛，这没什么大不了的。

文 / 马拉拉

随时失踪的父亲

缺爱的孩子，就像被用力拉扯后变形的弹簧。修复自己，是一生的命题。

一

有件事我妈唠叨了几十年，至今仍被她拿来作为我爸荒唐行踪的绝佳证明。她说，我爸有次说要出门买盐，结果过了好几个月才回家。当然，回家时没有带盐。

"逃离"是我父亲的人生主题。在我过去29年的生命中，父亲是个随时打算逃跑的人。

据说他从小就是如此。当年，他从上着课的教室窗户跳出，书包都没拿，逃离学校，从此中断学业。

成家立业后，他继续逃。逃离丈夫的角色，逃离成为父亲。学校开家长会，他答应我去开。我趴在阳台上，亲眼看着他下楼。但第二天，老师还是会问我为什么家长又不来。我问他，他说，临时有事就没去了。

我爸"失踪"的原因主要有二：一是贪玩；二是好赌。年轻时贪玩为主，他一个人去过很多地方，在我家相簿里留下了铁证。

不过很快，好赌取代贪玩，成为他"失踪"的主要原因。在赌博上，父亲实在是个不灵光的人，即便好牌在手，每每也以惨败告终。你永远无法跟一个赌徒讲道理。事实上我爸生活非常节俭，但那种亡命之徒般孤注一掷的感觉就是让他上瘾。

刚开始，他从债主们的眼皮子底下失踪，匆忙跑回家，像只犯了错的猫，果决而柔软地缩进我哥书桌底下，狼狈地喊我用椅子封住出口，嘱咐我不管谁来都说他不在。

当时我只觉得心惊胆战，对父亲带着几分六七岁孩子的浅薄同情，帮他掩盖过去。长大后，我突然想起这一幕，意识到他多么窝囊，从此对"父亲"这个角色的崇敬消失殆尽。

后来，父亲干脆从家里失踪。不定期失踪，不定期回家。

短则几天，长则数月。我妈冷漠地对前来讨债的债主们说："我也想知道他去哪了，你要是找到了就告诉我一声。"

说实话，小时候，我对于父亲失踪这件事没有太强的失落感。只要他在，家里永远充斥着他和母亲的争吵声。所以多数时候，他不在家，我落得安宁。况且那时候，他常给我带回他在外面"流浪"时搜罗的礼物。我得到过黄色的小陀螺，装着5支不同颜色笔芯的胖乎乎的笔。

有一次，他给我带回一个洋娃娃，那是个在当时十分新潮的娃娃，一双漂亮的眼睛躺下时会自动闭上。我羡慕堂姐给她的娃娃取的洋气的英文名，东施效颦地为我的娃娃取了个四不像的英文名"西里"。

西里陪伴了我很长时间。从幼儿园到高中，我给她做衣服，扎头发，每晚为她讲故事，抱她入睡。有段时间，家里为节省电费停用了冰箱，我就在弃用的冰箱里为西里搭了一个家。为了保持西里的健康，我甚至在冰箱内壁涂满药物，以至于冰箱重新投入使用时，我妈不得不费好大劲清洗，才让那股浓烈的药味散尽。

西里对我来说如此重要。她是我爸爱我的铁证——上小学后，我爸几乎再没给我带过礼物了。我只要看着她，就能相信我爸爱过我。

直到高中，我妈出于无聊的大人的慷慨，硬要把西里送给堂妹。第一次我妈说出她的决定时，我噙着泪制止了她。我妈感到非常丢脸，气急败坏，她无法接受她女儿上了高中还对"玩具"执念深重，于是，当堂妹第二次来到我家时，我妈不顾我的反对，当场将西里塞进她怀中。

二

童年时期，债主们将我们一家搞得不得安宁。

老房拆迁后，我们搬进了姑姑家闲置的房子里。那之后，父亲远赴成都工作。债主们还是会找上门来，妈妈就让我和我哥一起说谎，说他们离婚了，我们谁也不知道爸爸在哪。实在不行，我妈就拿20到50元不等的钱打发他们。

我哥不可避免地有过一段小偷小摸的日子，然后"光荣"地子承父业，成为我们家第二个经常失踪的男人。母亲不可避免地变为敏感、暴躁、自怨自艾的中年妇女。

我从未从母亲口中听到过一句赞许父亲的话。家里的两个男人总是缺席，她恶狠狠地指责他们的不是，然后开始冲我发火。

有一回，表姐来我家吃饭，开玩笑说，你们家吃得太清淡了，以前都是大鱼大肉的。也许是今昔对比刺激了母亲，她一下摔了手中的碗筷，把表姐逐出门。表姐感到不可思议，用同情的目光看着提心吊胆又逆来顺受的我。

直到现在，我也不太知道如何与母亲相处，但我理解她在一切外人眼中的不可理喻之举。

那时母亲忙于赚钱，每天在工厂加班到深夜，我哥每天在外面，我在家基本处于"独居"状态。为了得到一点点爱，我总是故意在沙发上睡觉，等到母亲夜班回来，她一边抱怨，一边将装睡的我抱回房间床上。从客厅到房间几步路的距离，短暂的几秒钟是我和母亲最亲密的时刻。

我想念远在成都的父亲，给他写信，带着对父亲形象的憧憬不断地写。信中都是些无关紧要的废话，比如我很乖，我学习成绩不错之类。父亲从不回信，他不定期往家里打电话，说他收到信了。

后来有一天，父亲单位打来电话，说父亲又失踪了。没几天，父亲出现在家中，没带行李箱。这次，他在成都欠下赌债，仓皇逃走。母亲借了一笔钱让他带回成都还债。她无法原谅他把所有衣物、被褥都留在那个地方。

这次，父亲在家住了几天。一天中午，我妈清洗父亲"逃亡"途中的衣物，从口袋里掏出一叠信件，扔在桌上。我高兴地想，这一定是父亲这些年来写给我的回信，迫不及待地打开看。一打开，我愣住了，上面是陌生的笔迹，夹着几张照片，是我不认识的脸 —— 一个中年女人和一个比我大的女孩。信上，女孩用"干爹"称呼他，字迹清秀，行文流畅。我在这里必须说，也许我在记忆中夸大了信件的优美度，但当时我一想到我那字迹歪斜、鸡毛蒜皮的信，立刻感到无地自容。

对比带来的羞愧首先袭来。随后，我突然意识到，父亲在紧急的"逃亡"时刻，随身携带的不是我的信，而是我不认识的什么干女儿的信件和照片。这对我来说是一个象征性的毁灭时刻，我彻底明白了，我在他生命中没有那么重要。

那时我仍是一个充满幻想的小女孩，我企图在短短几天内重夺父爱。放学后，我迫不及待地跑回家，用做作又害羞的嗓音将老师布置背诵的课文背给父亲听。他没有在听。或者说，他生动地诠释着"左耳进右耳出"。他提起笔来，随意在课本上签名，好像例行公事。

从那时起，我就注意到父亲脸上那种心不在焉的表情了。他就在我面前，触手可及，我却觉得他离我很远。他的灵魂被吸往某个遥远的地方，我至今不知道吸走他的是什么。可这种心不在焉的表情从此长在他脸上，再没消散过。

三

父亲再次从成都的单位消失时，我们已经住进拆迁后补偿的新家。因为没钱装修，新房连灯泡都没换，用的是建筑商留下的那种劣质的、忽明忽暗的黄色灯泡。那种昏暗的色调与凹凸不平的墙面一起，在我心里投下强烈的衰败感。这种衰败感在我心中至今挥之不去。我从不邀请任何同学到家里来，我妈也不允许。她觉得丢脸，不许我带。

我哥成了我们学校有名的小霸王。每周一升国旗，我哥总是被点名批评的那一个。他时常和我妈吵架，开始效仿我爸玩失踪，还拿走我妈的钱，整日整日地泡在网吧。有时，他会在清晨上学的路上堵我，要走我微薄的零花钱。

有一回，学校组织我们到隔壁镇的技校参加社会实践，为期一周。就在出发前夕，我得知父亲又失踪了。

那晚我回家，姑姑、阿姨都在我家。我妈显然哭过。见我来了，大人们努力装出一副风平浪静的样子。可我是谁，我从小就被训练出过于敏感的神经了。我从她们的只言片语和表情中就能拼凑出信息：这次，父亲在成都赌瘾再犯，欠了钱，似乎被人打了一顿，连夜失踪了。

整个社会实践期间我都心神不宁，我以为我要彻底失去他了。一周后，我回到家中，见到父亲已经回家。他佝偻着背，坐在那台破旧的、小盒子般的电视机前，心不在焉地看着新闻节目。按理说我应该很激动，跑上去和"失而复得"的父亲热情拥抱，可我没有，我只是笑了笑，对他说："爸，你回来啦。"

这次父亲再也没回成都。那之后，他和我妈分别去老家周边的不同城市打工。我哥坚决不肯回学校，和我爸一起打工去了。我被寄养在亲戚家，小心翼翼地生活。

等我上了高中，他们不知为何又都回来了。父亲依然在"逃"，精神上的。只要在家，他就把收音机打开，调高音量，躺在躺椅上，闭上眼睛，假装睡着。在饭菜上桌时，又自动醒来。

因为太久没有一家四口住在一起，我不太懂得如何与突然出现的家人相处。我常常在凌晨3点被家中的争吵声吓醒，就打开收音机，戴上耳机，调高音量，模仿我爸的方法，逃离此时此地。

高中3年是我迄今为止人生中最痛苦的3年。我的性格变得十分古怪，班上几乎没人理我。我和母亲有过几次很激烈的争吵。其中有一次，吵到不可开交时我想死。我家住8楼，再上一层就是屋顶，我朝门口冲去，打算到楼顶上跳下去。我妈拉着我的头发往屋里拽。我绝望极了，给我爸打电话，泣不成声，求他赶紧回家，救救我。我爸挂掉了电话。

直到夜幕降临，我冷静下来，把自己锁在房间，我爸才回来。他没有敲我的房门，也不想知道到底发生了什么。反而是母亲，不能忍受我关在房间里，用力地砸房门，以至少三层楼都听得见的音量骂我。

我想父亲或许烦透了这一切。我同时知道，我永远都指望不上他。我讨厌自己歇斯底里的样子，讨厌自己死乞白赖地向一个不爱自己的人寻求爱。我决定一有机会就离开这里。

四

工作后我帮父亲还清了赌债。那些我小时候认为的巨款，在时间长河中早已变得不值钱。

可事情没有好转。那些年，父亲从赌桌上下来，又一度迷上六合彩。他陆续找我要过几次钱。电话里，他听上去要哭了，低三下四地求我，告诉我别人如何威胁他。我心烦意乱，看不起他又担心他出事，不知如何拒绝。最后，我将钱转给他，警告他以后不许再这样。

我从不在父亲面前哭。每次我挂掉父亲的电话，就会绝望地给我的一位好朋友打电话。他一接起电话我就开始哭，直到我挂了电话，他也不知道到底发生了什么。很长一段时间内，因为担心随时要填坑，我过着非常节俭的生活。我用最便宜的洗发水和沐浴露，几乎不买衣服，用不超过 50 块钱的乳霜，除此之外再无护肤品或化妆品。10 多块钱的菜，至少够我吃上 3 天。

在真正释怀以前，我从不跟别人说家里的事。事实上，我觉得我掩盖得非常好。不少同事认为我是从小家教良好的乖乖女——这真是个天大的误会。他们哪里知道，被我掩盖在风平浪静下的一切，如此不堪。

而我对父亲的警告显然无效。

有一年中秋节回家，我还在动车上就接到我妈的电话，让我到站后去姑姑家。当我踏入姑姑家时，那股熟悉的窒息感又出现了。命里毫无财运的他再度欠下一屁股债，失踪了。

微信家族群里，除我之外，所有人都在骂他，包括我哥在内。他们都说，希望他这次真的去死——这不是一句调侃的话，他们是认真的。

我非常不能理解。一个人怎么会希望另一个人去死？纵使他犯了再严重的错误，可谁有权去藐视生命，希望死亡在另一个人身上发生呢？我在群里说，那是我爸，请你们不要这样说。没有人理我。

半夜，一位并无血缘关系的叔叔给我打电话，以长辈的口吻教训我应该留在老家，处理家庭问题，不要那么自私地在外生活。我背靠堂姐，开始发抖，白天一直憋着的眼泪终于忍不住往下掉，我说为什么什么事都要我解决，我也会累啊，为什么从小到大，我一点安慰都得不到。挂掉电话后，堂姐抱了抱我。

第二天，我妈想了想，还是让我回了家。南方早年的小区配有储藏室，通常位于最底层，小小的一间，用来存放自行车和杂物。那天晚上，我妈在储藏室找到了我爸。他邋遢地躺在废弃的沙发上，在黑暗中一声不吭。

第三天，等到被我妈拎上楼后，他开始摔东西，电视机、遥控器、桌椅……我妈开始尖叫，我哥叫他滚。他躲进我怀里，止不住地哭，说他这辈子只能靠我了。我抱着他，他比我记忆中瘦小，让我不由得担心他随时会散架。

第四天，这是我记事以来和我爸最亲近的距离，我们在彼此怀中，从此对调了身份。

五

我爸最近一次出事，是他拿了别人的身份证开信用卡，直到额度掏空，银行联系对方，他这才藏不住了。得知消息时我正在图书馆写东西，接到家里的电话，我的心像一枚秤砣，沉沉地往下坠。我收拾好东西出来，沿路走回出租屋，一边走一边哭。

因为之前帮忙还债，帮家里重新装修房子，我存款不多。在我爸妈的祈求下，我把我银行卡里的钱都给了他们。我告诉他们，剩下的我真的没办法了，求他们以后别再为这种事找我了。

后来我爸拿我的钱去还信用卡，又从别处借了点，每个月自己把借的钱还上。目前看来，那个无底洞似乎终于填满了。

我还是随时担惊受怕，唯恐意外再度降临。我一直置身湖底，无法上岸，被窒息感掌控。每当我想像正常人一样拥抱幸福时，家人动动手指头，就能立刻将我拉回湖底。厄运如一枚绑在我身上的定时炸弹，随时可能引爆。

我在自己身上看到悲剧性的一面。我再努力争取独立，也依然被所谓的"亲情"绑架，一涉及家庭，就又不自觉地成为我完全不认同的父权的拥趸。

今年春节，我陪父亲去江南一带玩。有天中午走累了，我俩进馆子，点了两碗馄饨，面对面各吃各的。热汤入肚，阳光强烈，两个人都汗涔涔的。

某个瞬间我抬起头来，透过刺眼的阳光望向父亲，突然觉得眼前这个人很陌生，我们就像两个只是偶然拼桌到一起的陌生人。他比我记忆中瘦，用力吃饭时，脸皮皱起来，几道沟壑就浮现出来，将那张脸划得七零八碎。

我突然意识到，我从来都没搞清楚父亲长什么样，这种"陌生感"让我很恐惧。

不得不承认，我跟父亲从来就不熟。表面上看，此刻我们"抛弃"了母亲，愉快地结伴出游，可游玩过程中，我感受不到丝毫快乐，像一头筋疲力尽的老驴，低头赶路，无心欣赏风景，更无法真正放松下来。我之所以愿意出来玩，不过是想以此为借口早点回北京。

我必须离开，离开是我唯一的自救方式，也是我赖以生存的氧气。我承认，多数时候，我摆平事情并不是出于爱，而是怕被麻烦缠绕。

说实话，我对父亲没有恨。可正因没有恨，我感到十分恐惧。因为我总觉得恨是因爱而生的。因此我宁愿自己恨他，像我哥那样咬牙切齿地恨过。我不想承认，我心里的爱少得可怜。

我跟家人亲近不起来，也不太擅长处理亲密关系。我所有的恋爱时间都非常短，一旦意识到对方可能打算永远跟我在一起，我就会立刻像弹簧一样逃走。

曾经有个比我大 20 多岁的大叔向我表白，当他说"我会像你爸一样对你好"时，我差点吐了。虽然我只是假装淡定地说了句："嘿，您最好知道我爸是怎么对我的。"

文／方小也

住在衣柜的女孩

雪花，对一类人来说意味着美丽，对另一类人而言，却象征着灾难。与众不同的孩子，就像雪花一样。

一

午夜时分，大雪封城。

我草草地裹上棉衣，胡乱穿上靴子，来不及戴绒帽手套就冲出家门，顺着雪地上的脚印全力奔跑。

钉头般的雪粒砸在脸上，不过几秒钟，面部便失去知觉。我一刻不停地扭头，寻找那个女孩的身影。

一路奔至小区门口，在将近零下30度的气温里，额头竟蒙上一层薄汗。未热身导致小腿抽疼不止，我弯下腰，用双手撑住膝盖，大口喘息。

积了雪的公路异常空旷，周遭无声，狂风中只剩下我急促的呼吸声。顺着公路方向，我抬头向远看，终于发现了她的身影。

绛紫色与灰黑色杂糅的天幕在高远处，很压抑，靠近地平线的天空有隐约的粉光。雪花飘到路灯灯光下，像镀了金粉的星。她站在路灯下方，微抬着头，一动不动。雪花轻缓地落在她头上。

我呆呆地看着她，脚尖和手指被冻得僵麻，额头上的细汗快结起冰。我转转脚踝，向她跑去，同时大声唤："小渝！小渝！"

她没有回应我，依旧一动不动。我放缓脚步，走到她身边，轻轻拍去她头顶和肩膀上的雪，握住她被冻得冷硬的手。

她终于转头看我，睫毛上覆盖着细白的雪霜。

盯着我，她轻声说："姐姐，下雪了。"

二

我的堂妹小渝，是二叔的孩子。

从婴儿时期起她就反常，不哭闹，像装了消音器。从不要人抱，也不与人对视。

具体什么原因，家人羞于启齿，我怎样婉转地问，长辈一律不耐烦地搪塞："没什么不一样，就安静了点。"

小渝比我小3岁，刚听说有个妹妹，我极为兴奋。真见到时，发现她一声不出，呆呆地盯着窗户角上万花筒状的冰花观察，丝毫不理我的逗乐。

我在饭桌前小声向父亲抱怨："妹妹怎么傻乎乎的啊？"

父亲用力戳我脑袋："小孩子家，给我少乱说话。"我捂着头，发现二婶犀利地瞥了我一眼。

我们一家，爷爷奶奶是医生，二婶在三甲医院当护士。平日里小渝的小病，都长辈们处理。他们没说小渝有什么不对劲，我总觉得她反常，却只能憋在心里。

小渝快3岁了，还不能稳步走路，也不爱开口说话，频繁尿床。她常旁若无人地玩手指，或盯着墙上某条细若发丝的裂痕发呆。

二叔二婶没送小渝上幼儿园。他们和退休的奶奶住同一个小区，小渝大部分时间由奶奶照顾。直到小渝6岁，同龄孩子都已上小学，奶奶先坐不住了，趁二叔二婶上班，偷偷带着小渝去医院做检查。

检查花了一两天时间，二叔二婶发现小渝不见了，冲去医院，说爷爷奶奶多管闲事。爷爷生气，骂了句："你们只会生不会养，对孩子不负一点责任。"大家撕破了脸。

家里人不喜欢二婶，背后议论她强势。二叔本来最顽劣，学上到初中便去混社会，惹麻烦不断，工作也是爷爷奶奶拉下老脸求到的。

和二婶结婚后，二叔性格变得软弱，小家庭完全由二婶做主。两人曾欠下大笔外债，好不容易挣到些钱，二婶不想着还债却主张买车，只因为亲戚都有车。

平日里，二婶言前语后，对爷爷奶奶也不太尊重，和家人关系疏远。小渝的事，更成了二婶说不得的心病。她私下着急，没想到奶奶不打招呼，搞出这么大阵仗，让她难堪。

拿到检查结果的晚上，哄吵的亲人们聚在奶奶家里，个个神色凝重。小渝和我待在小房间里，大人关紧了房门。

我第一次和小渝独处，不知所措。小渝自顾自地爬到床上，像我不存在似的，仔细地用手指描摹着被子上的花纹。

门外传来争吵声，我偷偷把门拉开一条缝，眯着眼睛看向客厅。客厅里，二叔二婶像疯子似的扭打在一起，大姑和父亲在他们身后拉架。

二婶脸上充满愤怒，冲二叔大骂："现在你傻了吧！让你当初在外面勾搭女人，弄得一身腥臊，现在自己的孩子完蛋了，你开心了吧。啊？"

二叔暴躁地吼着，狠狠地朝二婶小腿踢了一脚。她疼得大叫，长发散乱。父亲揪起二叔领子，把他推进靠墙的沙发里，他脑袋重重碰在墙上，发出一声嗡响。

死寂中，他们各自喘息，爷爷用手撑住额头，无奈地叹气。

我扭头一看，小渝仍深陷在画被子的世界里，窗外的天空像匹黑布般，密不透风。

披头散发的二婶突然冷笑几声，二叔气冲冲跳起来："赶紧闭上臭嘴，你还有脸笑？早就看出孩子不对劲，让你带着去看医生，你不愿意。你个自私的东西。"

二婶挣脱大姑的双手，抓起茶几上的杯子，要朝二叔砸去，结果被父亲挡住。

奶奶颤巍巍地站起身，不住拍大腿，让所有人好好说话。

二婶的手停在空中，胸口剧烈起伏。她似乎意识到对面都是婆家人，不好再继续发作。她闭眼，用力把杯子扔在地上。

杯子撞击地板，发出刺耳的破裂声，传进屋里。本在床上静坐的小渝，突然尖声大叫，双手大幅度挥舞、击打床面。

二婶听见声音，往我这边看来，正好与我四目相对。她向我这边冲，我吓坏了，忙连滚带爬从门边逃开。

我刚缩进墙角，二婶"砰"地一脚踢开房门。她一把抓起小渝头发，对着她耳朵吼："你叫个屁啊！"说着，拎起小渝的头朝落地衣柜的门上摔。

尖叫戛然而止，小渝跌在地板上，面朝天，嘴唇撞裂，鼻血飞溅，鲜血顺着脸颊、脖子流下，弄脏了身上的白色纱裙。

血滴迸溅到二婶脚尖，她微张着口，低头看向女儿，哆嗦着嘴。小渝眼神涣散，二婶猛地跪下，抬起小渝肩膀让她立住，扭紧她的两个肩头，前后晃动小渝身体，继续哭吼："你说话啊！哑巴了吗？刚才喊的声音那么大，你倒是给我开口讲话啊。"

小渝的脖子像断了筋似的，无力摇摆，血滴从她的唇上甩落在白色地板，开出猩红的花。

大人们终于缓过神来，把号哭的二婶拖出房外。而小渝，垂着脑袋坐在地上。

不知过了多久，我从混乱中回过神来，看着小渝血迹斑斑的脸，颤抖着想帮她擦鼻血。刚伸出手，小渝一伸脖子，迅猛地咬住我的手指，咬合力不知轻重，疼得我大哭，父亲闻声冲进房里。

小渝一声不吭地扶着床，慢慢站直身子。她身后的柜门是推拉式的，右半边的门在刚刚的撞击下开了半扇。她偏过头盯着昏暗的衣柜内部，忽然身体一松劲，向后倒进衣柜。虚弱地撑起上半身后，她把双腿也收了进去。

我和父亲小心凑过去，阴暗光线里，小渝窝着身子团在衣服堆上，满脸戒备，抑制不住地发出痛苦的哼声。

二叔拨开我和父亲，从身后挤过来。看着女儿在柜子中缩成一团，他仿佛噎住，没说一句话。

父亲带我离开，我最后看了眼二叔，见他用小臂蒙住眼睛，浑身颤抖，肩膀一耸一耸。

三

从那以后，小渝寸步不离奶奶家的衣柜。柜门打开 1/4 的程度，目的在透气。她抱着膝盖，日日坐在堆叠的羽绒服中，双腿埋进奶奶的丝巾和大衣里，脑袋贴靠在被挂起的衣服的下摆处，自己有节奏地前后摇摆。

每天，奶奶给小渝喂三餐、换尿包，叹着气为她扎辫子。

晚上，用热水擦小渝的胳膊、腿，每周一次带小渝一起洗澡。

等小渝在衣柜里睡着后，奶奶会小心翼翼把她抱回床上，顺便整理衣柜。当然次日小渝醒来，又默默爬回去。

我假期来奶奶家时，会帮奶奶给小渝喂水和食物。做让小渝舒服的事时，她便不抗拒，木然地吃喝，也从未说句"谢谢"，我感觉自己像佣人一样。

至于其他亲人，习惯像绕开没井盖的窨井般从那扇房门绕开，几乎没人提起她，我想是没人喜欢揭开结痂的伤疤。

二叔曾试图把小渝从柜子里强行抱出，他的手小心地穿过小渝腋下，稳当后缓缓将她往外抬。但当小渝身体露出柜门，她便激烈挣扎，或用手指甲抠抓二叔的手背，或用牙齿啃咬二叔的胳膊，留下青红的牙印。

坐进衣柜里的小渝，是温顺安静的。她对衣柜之外发生的事，置若罔闻。

小渝7岁时，奶奶家里出过一次火灾。那会儿爷爷出诊，奶奶在阳台收衣服，忘记了灶台上炖着菜。直到空气里弥漫焦味，厨房里冒出滚滚黑烟，我与惊呼的奶奶才冲进厨房，看见火苗顺着油烟机的电线一路烧上去，差点钻进顶端的插座，铁锅发出吓人的爆破声。

我准备去卫生间拿盆接水，听见奶奶喊："不要水！不要水！去把大门打开！"我迅速丢下水盆，打开大门和客厅的窗户，跑回厨房门口时，发现奶奶关死厨房大门，正用锅盖和案板拼命压着火苗。

奶奶扑火的身影没在黑烟里，我拼命拽着厨房锁死的门，大喊："奶奶！奶奶！"那时还小，不明白关住门窗，是为了阻止更多氧气进入，单单害怕奶奶被烧死。

哭喊声引来楼上楼下的邻居，他们报了火警，万幸家里没什么大损失。混乱平息之后，我想起了小渝。我立马向房间赶，怕她被烟呛到，但心里也隐隐期待，生命危险或许能刺激她走出衣柜。

我大力拉开柜门，看到小渝面无表情的脸。她天真地晃动身体，没有受伤，也没发现我。我咬咬唇，轻轻合起柜门，慢慢走到厨房，跟处理卫生的奶奶说小渝很好。奶奶愣了几秒，放下手中的锅，轻声说："那就好。"

那天，小渝始终没从衣柜里出来。

我很失望，更多的，是对她冷漠态度的恐惧。后来我越来越少去奶奶家，听说小渝在衣柜里待了4年。

四

小考后，我进了市里的重点初中。父母选择在学校附近租房，方便我上学。

某天放学，当我顺着熙熙攘攘的人群走出校门时，一只手突然紧紧攥住我的手腕，我吓了一跳，猛地扭头。

"二婶？"我又惊又怕。

二婶自从那晚失态，觉得丢脸，极少上亲戚家的门。这会儿她铁青着脸，面露难色，张了张嘴，没说出话。

我更紧张，忍着手腕的疼痛，迅速转移视线，看到二叔家的车停在路边。

"二叔二婶有点事情想请你帮忙。"二婶挤出个不成形的笑容，拉着我的手把我向车那边扯。

周遭学生嬉闹着从我身边经过，我不敢反抗，怕她会抓起我的头，往水泥地上毫不犹豫地砸。

恐慌的我，被二婶推进了车后座，她跟着坐进来。

这是辆国产二手车，破旧狭小。我缩在座位角落，看到驾驶座上坐的是抱着小渝的二叔。

知道我进来，二叔偏转身子看我，招呼道："你好啊，阮阮。"

我呆呆点头。这些年我基本没再见二叔，他瘦削许多，两颊凹陷，眼睛布满血丝。旁人劝他别太伤心，再养一胎，二叔全给莽撞顶回去了。

二婶不愿进奶奶家门，心里又念着小渝，于是让二叔把小渝从奶奶家接出来，想各种办法治，硬送小渝去某些学校"学习"。

奶奶不乐意，觉得先把小渝养大要紧，不必再花冤枉钱，等小渝大了尽可以去别人家做保洁等类似的简单工作。

我偷看他怀里的小渝，她的小脑袋温顺地靠在二叔肩膀上，肩头起伏，是睡着了。我感觉四周没有衣料围绕的小渝非常陌生，仔细看，她没有穿鞋，双手双脚上绑着粗厚的皮带圈。它们紧勒着小渝的手腕和脚踝，皮圈周围的皮肤被蹭得很红。

意识到我的目光，二叔把小渝往怀里带，堆出一脸笑。他把身子凑过来，递给我他的手机，屏幕上显示的是我父亲的电话。

"阮阮，给你爸打个电话，就说二叔要找他。"

以前二叔闯祸、欠钱，常是父亲出面摆平。曾经单位分房，二婶叫二叔求父亲让出位置好的房子给他们，说兄弟情深。孝顺的父亲不顾母亲不满，同意了，并借钱给二叔付首付，钱自然有去无回。诸如此类的事太多，二叔自知亏欠父亲，这次大概害怕被拒绝，想到"绑架"我。

见我迟疑，二婶的手指凉凉地搭在我手背上。我汗毛乍起，颤抖地接过手机，拨通父亲电话。

"喂，爸爸，我是阮阮，我在学校门口，二叔说有事……"

"你和二叔在一起？"电话里，父亲的语调顿时扬高。

"对……在学校门口，在二叔车里……还有二婶……"

"你把手机给你二叔！"父亲吼道。

我惊恐地把手机递给二叔，父亲的怒骂从听筒里传出："你疯了吗？我告诉你，你要是敢动我女儿一根手指你就完蛋了！"

二叔抿抿嘴唇，没说话。

"我现在过去，你等着。"说着，父亲挂断电话。

霎时安静，我怕得一动不敢动。二婶掏出一个橘子，想递给我。我缩了缩头，眼神躲闪，她默默又塞回包里。二叔绷着脸，右手揽着小渝，左手前后掰着后视镜，嘎吱嘎吱响。

父亲来得很快。车刚停稳，他猛按喇叭，甩开车门冲出来。二叔见状，把小渝放在副驾驶座上，下车去接。车门外，父亲推开二叔伸出的手，大力拉开后座的车门。

父亲满头是汗，紧张地摸摸我，眼神迅速地在我身上扫了一圈，见我并无大碍，才重重握住我的手，我瞬间委屈得大哭。

二叔默不作声，手指敲着窗。听到响声的父亲抬起眼，沉着脸问："你要干吗？"

二叔沉默地伸出右手。我看见，二叔的右手裹着医用绷带。

他开始动手解开缠着的布，布条层层剥落，看到二叔的手时，我头皮发麻。

从拇指到无名指的指甲，都不见了。他的指甲被拔走时也撕扯掉下方的许多嫩肉，伤口狰狞。小指更惨，第一个指节被切掉，留下扁圆形的伤口截面，上面还沾着云南白药的粉末，灰黄色的，一如父亲的脸色。

"这……"父亲说不下去。

"借了笔钱，给小渝交学费。"二叔重新把布条缠起来，"还不上，就这样。"他低头自嘲地笑，"他们还得留我干活，不然不止割这么一点肉。"

"多少钱？"父亲脸颊一抽，问。

"60 万。"二叔抬起眼，直视父亲煞白的脸。

"你干吗不早点和家里说？"父亲大吼。

二叔缠布条的动作停下来。"家里？"二叔冷笑，他左手抓着布条一端，用牙齿咬住另一端，猛地拉紧，疼得二叔皱紧眉头。他晃了晃裹着布的手，笑看父亲："哪个家？"

"平时个个见我，跟躲着鬼似的。"二叔笑得更厉害，"那老子就不出现，不去碍你们的眼。"

二叔伸过左手，用手指狠狠戳上父亲的胸脯："摸摸自己的良心，哥。家里有人管过我们一家吗？你有担心过我们一家吗？"他死死盯着父亲的眼睛。

"小渝有病，所有人睁着眼当我们不存在！"他上半身猛地向前，左手一把攥住父亲的衣领，"还让我找家里人？！我有家吗？"

父亲皱着眉头，用手拉住二叔手腕："松开。"

"我要是不找阮阮给你打电话！你能来见我？还有你刚才那个态度！算什么？！你是我亲哥啊！"

"松开！"父亲手臂用力，一把将二叔推开。

两人沉默，父亲理理衣服，死盯着地。终于二婶叹口气，在旁边说："行了，毕竟我们是来求人办事。"

二叔沉默着抱起小渝，低下头，并不看父亲。

父亲看看小渝，沉沉地吐口气，问："什么学费？"

"打听到南方那边有个厉害学校，专门纠正这种病。"二婶声音有点抖，"现在去上学后，小渝已经有很大进步，能和人交流。"

"这病压根不是能纠正的病啊。"父亲挑起眉毛，"别告诉我到现在，你们还要面子，不把孩子送医院。"

二叔仍低头，二婶与父亲对视，嘴唇微颤，喉头上下滚动。

"太晚了。"二婶眼眶一点点红起来，眼泪充盈，"小渝已经10岁了。"

我偷看父亲，他绷着嘴角，目光停在二叔白多黑少的头发上久久不动。终于他长叹口气，伸出手轻轻拍小渝的头。

"我知道了。"说罢,父亲领我离开二叔的车。

晚上,父母爆发争吵,接着我们搬家了。借钱给二叔后,家里负担不起学区房的房租。

五

二叔一家搬到南方后,家里人闭口不提他们家消息。我隐约知道二叔当司机,二婶继续做护士,谁也不知道一年 60 万元学费的学校,在为我妹妹做怎样的治疗。

连着三年,二叔一家没有回来过年。圆形饭桌不管怎么坐,有一角总看着落寞。这时,我会想起我的妹妹,记起在那辆破旧小车里,手脚被皮带紧缚的她。

我高二那年的寒假,二叔一家回来了。

那年,小渝 14 岁。父亲去见了他们,回来后说:"小渝会走路了,也能叫人了。叫我大伯来着。"

"看着都正常了?"母亲不可置信。

"把所有亲戚一板一眼叫了遍,还给每个人端茶,和我们聊天。"父亲从包里拿出一张银行卡,"除了有点木讷,看着还挺正常的,这是人家还的钱。"

"真的啊?没再钻到衣柜里了?"母亲接过卡,一脸惊喜,不知是为了妹妹还是为了这笔钱。

"我走之前,都没有。"父亲说。

我很惊讶,因为曾经的小渝,把衣柜外的世界看作万丈深渊。她向正常人的方向迈进，我打心眼里高兴。

二叔一家回来的第三天，便到我们家拜访。

进了屋，他们把外套挂在门钩上。我看向小渝，她下巴圆、脸皮白，中长发垂在白色的毛衣上。她个子比我记忆中拔高很多，走起路来有些僵硬，或者说刻意，但步履平稳。

她的目光与我对上，便会把身子正面转向我，字正腔圆地说："姐姐好，我是小渝。"

这是我第一次，听到小渝发出哭泣和尖叫以外的声音，轻软好听。我下意识摸摸她的头，她竟也没有躲，惊喜之余，我感到一种违和感。

"阮阮，带妹妹去换衣服。"母亲说。

小渝听罢，自己乖巧地抓起我的手。我呆住，不敢相信她这样乖。突然觉得，面前这个女孩，好像是别人，不过长着妹妹的脸。

家里暖气烧得很热，室内只用穿薄衫。二婶递给我一个精致的袋子，里面是她给小渝准备的衣服。我把小渝带进卧室，坐在椅子上，看着小渝一件件把衣服脱下来，直到身上只剩下内衣。

盯着她裸露的身体，我瞪大了眼睛。

她身上有太多条伤疤：深咖色的已经结痂，浅粉色的还未愈合，紫青色的是重击后的瘀青，黄棕色的是未消退的内伤。小渝像经历过数场肉搏，从小腿到肩膀，都排布着受伤的痕迹。

我看她套上轻薄衣服，忙把她拉到床边坐下，问："小渝，你身上怎么弄的？"

小渝并不看我，坐在床沿上前后晃着身体，这个熟悉的动作让我心头一动。

"老师。"小渝说。

"老师？"我吓坏了，"老师为什么要打你？"

小渝看着我眨了眨眼睛，歪着头，神情困惑。

我说不出话，内心压抑着怒火。

随着小渝摇晃身体，柔顺的碎发前后跳动，木床发出嘎吱嘎吱的声音，我想起当时二叔也是如此掰着后视镜。

突然我明白了违和感从何而来，小渝太"正常"了。我已经上高二，对小渝的病症也有所了解，知道她会少言寡语，不懂世故，不关心社会关系。在最合适的年龄，她没有接受正确的治疗，可现在为什么要接受不可理喻的暴力治疗，硬生生把她变成表面上的"正常人"。

我难过地看着小渝，不知怎样问她合适："小渝，请你……"

"姐姐，请让我背诗给你听吧。"

小渝突然站起来，规规矩矩走到我面前说：

"在 —— 山的那边 —— 王家新。"她每个字音都拖得很长，音调不变，"小时候，我常伏在窗口痴想 —— 山那边是什么呢？妈妈给我说过：海。哦 —— 山那边是海吗？于是，怀着一种隐秘的想望……"

那些老师是这么逼她的吗？背不好就抽打她吗？

我痛苦地说："小渝，不要背了，不要背了。"

优美的诗句传进我耳朵，我脑子里却一遍遍回荡着她被绑出衣柜时尖利的哭声。

小渝看了我一眼，没有停下背诵，我不敢再看她。

"……在一瞬间照亮你的眼睛。"小渝合上了嘴，她背完了。

"真棒。"我盯着她的眼睛。

"谢谢。"小渝迅速回答，像条件反射。

那一刻我心酸地意识到，我妹妹是怎样学会和人打招呼、给人端茶，以及背诵课文的。

没忍住，我问小渝："小渝，这首诗美吗？背它你开心吗？"

答案自然是沉默。小渝偏了偏脑袋，没有理我。

她回到我身边坐下，重新开始晃动身体。表情平静，有些乐在其中。我疲惫又愤怒，为什么身边的大人认为，让她做普通小孩做的事能让她"感到快乐""变得正常"？

母亲的声音突然从门外传来："好了吗？姑娘们。"

我用力提了提棉裤，拉起小渝的手走出卧室。

六

我们走到客厅时，父亲和二叔二婶站在玄关，刚穿好羽绒服，准备穿鞋子。

"你们要出门吗？"我问。

"去地下室拿你不骑的自行车。"父亲一边穿鞋一边笑，"让你妹妹学学。"

我试图寻找更妥当的方式，但看着二叔二婶的背影，我决定选择直接说出自己的想法："小渝被人用鞭子抽了。"

他们听了神情僵住，我继续质问："为什么不带小渝去正规机构？"二叔缓慢地转过身，眉头紧皱。

"阮阮，你说什么呢阮阮？"母亲生气，过来扯我。

"小渝做错什么了？你这样做真的是为她好吗？"

二叔终于开口，说："正规机构见效太慢了，去学校是最快的办法。小渝有病就得治，我当然是为她好。"

二婶的脸色越来越难看，她等二叔说完，补充说："皮肉受了点苦，离正常人近了一步。"

"你只是在让她看起来'正常'而已，二婶，自欺欺人没有意义。"

"阮阮，不许没大没小。"父亲开口制止我，推着二叔出门，"小孩不懂，别理她，我们走。"

二婶最后迈出去，重重合上门，不再看我一眼。

留下的小渝，似乎疑惑父母为什么离去，也走到玄关，准备穿外衣。

"小渝，没事的，爸爸妈妈只是去拿自行车给你。"母亲走到小渝身边，想从小渝手中取走她的外套。

小渝的手指瞬间收紧，看向母亲的眼神带着抗拒。我忙过去，握住小渝的手，用眼神示意母亲放开小渝的大衣。捏捏小渝的手心，我故作轻松："小渝想和姐姐玩吗？"

小渝盯着我的眼睛说："去找爸爸妈妈。"

母亲无奈，表情染上一丝厌烦。小渝沉默地穿好外套，她正准备穿鞋子时，从阳台方向突然传来一声裂响。

我和母亲快步走向阳台，透过凝着冰花的玻璃窗，我看见悬在阳台外的晾架由于积雪太重，断裂了一处，在风雪中缓慢下沉。

母亲迅速打开窗户，扭头对我飞快地说："把妹妹带到卧室然后来帮我，快！"说罢她将上半身伸出窗外，试图从晾架上把东西搬进来。

我牵起小渝，把她带进卧室，没时间注意她的表情，便带上门，三步并作两步，去阳台帮母亲。

风雪声嘈杂，我和母亲都没听见卧室门开的响动，也没听见女孩穿鞋的动静和大门关闭的声音。

我和母亲将晾架上的所有物件都搬进家，关上窗户。当我和母亲搓着双手，哆嗦着走进卧室时，发现房间空无一人。

小渝出门了。

我转身就冲向玄关，草草裹上棉衣，疯了一样冲出家门。

七

"姐姐，下雪了。"小渝站在路灯下，轻叹着说。

自闭症患者对自己的喜好很偏执，有人在意数字，有人在意音乐，小渝从小就喜欢雪花。洁白、晶莹的雪花，像小渝一样怕阳光。

我牵起小渝冻透的手，说："我们去找爸爸妈妈。"她顺从地跟着我。

因为出门太急，我忘拿手机，想着家人们必定担心，我加快步伐，刚走到小区门口，便听到二叔焦急的喊声："小渝！小渝！"

我拉着小渝跑过去。二叔见到小渝，不均匀的气息里混着哭声。他拉开羽绒服，抱起小渝，把她整个人埋在热暖的胸脯里。

然后我们4个人，沉默地往家走，风雪里只有衣料的摩擦声和鞋底压实雪地的嘎吱声。

快走到楼下时，我对二叔说，小渝是出来找爸爸妈妈的。

二叔抱着小渝扭过头，没有说话，红了眼眶。

…………

冬天过去，二叔一家没有再回南方。

随后一年，我被埋在高三的书卷里，直到顺利拿到大学的录取通知书后，我才知道小渝已远离了那所使用暴力和逼迫的"教育机构"。

这一年中，小渝在由市医院介绍的自闭症儿童互助组织里，接受了专家的帮助和教导。有次回家，小渝告诉我，在组织里他们会一起看电影。我问看什么，小渝回答："《放牛班的春天》。"

"很瞌睡。"她说，"我不明白他们在搞什么。"

我笑着看她，手指着桌面上的教材："但你背书背得快，让姐姐羡慕。"

教材上的一段文字，小渝读几遍便能默写下来，像是复刻在脑海里的图形，即使她不明白字词的意思。

小渝患的是阿斯伯格综合征，是自闭症患者中能力较高的一种。虽然她很难理解生活中的惯例和礼节，缺乏共情，但空间感、记忆力和观察力很好。在一次活动中，她被安排负责打字工作，并因此赚到一笔工资，日结70元。

这个曾住在衣柜里的女孩，还学会了打电话。我忘不了第一次接到小渝电话的心情。

那时我刚到广州上大学，土生土长的北方人来到南方，第一年总不那么顺心：湿到过分的空气、从未见过的霉斑、甜口的番茄炒蛋、拇指大小的蟑螂……细碎的陌生感和课业的压力，逐渐令我透不过气。

一个冬日的深夜，我缩在宿舍里赶论文作业，手机突然震动，是个陌生电话，来源地是我家所在的城市。我犹豫着，还是按了接听键，我"喂"了几声，对方无应答，正不耐烦想要挂断，陌生、温柔的女声传了过来："姐姐，你好。我是，小渝。"

又疑惑又欣喜，我反而结巴起来："你、你是、你是小渝吗？"

"姐姐，你好。我是，小渝，我今天在学校度过了愉快的一天。上午李老师带我们看了电影……"她说话的风格略带呆板和刻意，但已经比两年前她来我家做客时要自然多了。

听小渝平稳、持续地讲她近几天的流水账，我焦躁的心柔缓了下来。从她的描述中，我知道小渝所在的互助组织，有很多固定的老师，也有常来的义工。每个星期组织都会有定期的活动，小渝给我打电话也是他们布置的作业之一，即"多跟家人交流"。

她问我最近怎么样，我想了想，拣有趣的事跟她说。在我表达后，小渝会回应说"这样真好""你很不错"，像例行公事。

自此后，每周四晚，雷打不动，小渝会打电话给我，告诉我她和家人的近况，每次 10 分钟。

在电话结尾，小渝惯例会加一句："谢谢姐姐。"

文 / 李阮

都是为你好

人生是一道阅读理解题。一些人习惯以"为你好"的名义，剥夺对方作答的权利。一切的痛苦，来自答案的冲突。

一

站在阳台上，眼前是打开的铝合金窗子，夜色乌黑，我想跳下去。

妈妈抱着膀子定定站在阳台门口，一眼也不看我，寒风令人窒息。

这是 6 楼，高 20 米，可以一了百了，但爸爸从后面紧紧拉住我的胳膊。

我挣扎着，胳膊上多了一道道他的手留下的红印，同时听到妈妈吼："你放开她，让她跳！"说完她转身回了屋。

我突然没了力气，蹲在地上哭："我是早恋了还是杀人放火了？"

妈妈冷哼一句："你自己心里清楚。没救了！"

很多年前，也有人跟我说过"没救了"，那是个医生。

彼时我还在襁褓里，只有六七个月大。据说医生站在儿童重症监护室前，指着那些患白血病的孩子对我妈说："你孩子就是脸上多点颜色，但是是健康的，该知足了。"

其实不是一点颜色，我左边脸上，有触目的大片黑斑，从额头到一半的脸颊。

"这是太田痣，以现在的医学水平，治不了。"医生的话，让当时已经30岁的我妈绝望。

亲戚们都劝她再生一个，觉得我作为女孩，有这种缺陷，这辈子嫁人都困难。

她把人轰了出去："谁说我孩子不行，我就不信，我就养这一个，要让她最优秀！"

但这次她偷看我的日记后，却放任我站在阳台边。

不过因为那几天前，我发现自己喜欢上了班长王桥，这是我生命里的第一次动心。

他学习好、人温柔，上课的时候，不管老师叫谁回答问题，我都会回头，只为多看他一眼。

他做班会主持需要材料，从来没进过网吧的我，去开了台电脑查资料，不知怎么打印，干脆一字一句抄下来。他还提出过要看我的日记。

但我那卑微的暗恋，对他来说怕是玷污。于是我在那本写着旁人勿看的日记里告诫自己要忘掉他，一心学习。

"我是个丑八怪，我没资格喜欢别人。"这句话我写了20遍。

但我不明白，为何我反省并决心斩断情愫后，妈妈还要骂我下贱？

左脸的胎记灼烧着，我哭了一整个晚上，脑子里想的都是《简·爱》中的名言："你以为因为我穷，低微，矮小，不美，我就没有灵魂没有心吗……当我们两人已经穿越了坟墓，站在上帝的脚下，我们是平等的。"

我想，只有死了，摆脱了肉体，我才能和王桥是平等的。

第二天，趁我妈不在家，我躲在卫生间里，把之前三四年的日记扔进铁脸盆，一把火给烧了。

之后，我再没写过日记，并把蓄到及肩的头发再次剪回板寸，奔向男装区挑选最普通低调的T恤长裤。

我明白，好好学习，是初三的我唯一的使命。

每天5点多，我起床背单词。白天课间，只要不去厕所，都在做题，甚至上下学的路上，我都要求自己必须去想和学习有关的事。

家人关灯睡去后，我还要开着手电筒在被窝里偷偷再学两小时。可惜，我从来都没能成为最优秀的。

二

在学前班时，我就开始让我妈失望了。我不合群，爱在角落挖土，和蚯蚓比和人还亲。

那次，她从面粉厂下班后来接我。老师说："晓江太内向了，不过这回生字听写，晓江得了 90 分，挺好的。"

我妈接过来看了看，错了两个字："有几个 100 分的？"老师说有七八个。

我妈脸色瞬间阴沉，把我拎上自行车后座，低声警告回家再和我算账。

"别人都能考 100 分，你咋就不能？"把我揉进屋里，扔在床上，她虎着脸问。

我心里嘀咕，不还有七八十分的吗？

她好像知道我心里想啥："别的小姑娘长大了，学习不好也能活得好，你能吗？谁娶你？你要是不努力，就得饿死。"

扫帚倒拿在她手里，狠劲打在我屁股上，威胁我下次考不好，就掐里档肉。

掐里档肉是我妈的大杀招，把大腿内侧的肉，像上劲儿一样拧一圈，再一拎，那疼从大腿根直传心脏。

我爸一进门听见我哭，脱了鞋奔过来："你又打她干啥？考多少分能咋地？"

"能咋地？将来她吃不上饭你养她？"我妈甩着哭腔吼。

"我养！"

于是我妈开始打我爸。她怄了一晚上气，饭都没吃，临睡时板着脸坐在我的小床边。当时我已躺下了，吓得一激灵坐起来。两个人沉默着在床的两头对峙。

　　突然她朝我扑过来，我立马蜷成一团，等着她的巴掌落下。但她把我抱了起来，掀开我的秋裤，看着她打的地方，轻轻拍了拍："不红了，不疼了吧？"

　　我没说话，她把我放下，哄我睡觉，喃喃道："你别怪妈，妈也是为你好……"

　　我闭着眼睛装睡，身体僵硬，不明白虽然我和别人不一样，但为什么将来一定要饿死？

　　那时我会坐在窗台上，就着废广告纸写歪歪扭扭的小诗，在日记里写下"感谢上帝的那枚泥脚印，在我心里种下了勇气"。

　　老师也夸我作文好，我长大了可以当记者不是吗？

　　在小学五年级时，家乡电视台就举办了个竞选"小记者"的活动，但报名费并不低，要80块，而且面试过程将录像，要播出在电视上。

　　我害怕当摄影机扫过我的左脸，那洗不去的污垢会成为全城的笑话，何况家里也没钱。

　　说了我的担忧后，我妈直视着我说："你想去吗？想，就去，家里不差这点报名费。"

　　"想是想，但是……"

　　"但是啥，不用怕，我姑娘不比别人差。"

　　面试定在周日。周六她骑车带我去少年宫，看别人面试，吸取经验。

在熙熙攘攘的现场，她风一般地出去，又带着一阵冷气回来，递给我热乎乎的烤红薯。

眼前的女孩们唇红齿白，脸上毫无瑕疵，自信满满。我低头看着手里的烤红薯，觉得自己和它很像，丑陋畏缩，只能生长于地下。

大概我这样子，也没人在意我有没有红薯一样的甜心吧。

我妈看了我一眼，抱我上了自行车后座，在寒风里穿过两条街，停在一家饰品店前。她牵我走进去，在卖头饰的地方停了下来。

从来都用5毛钱一袋的黑色皮筋的我，迟疑地看着挂在货架上的花花绿绿的东西，听到我妈说："挑个你喜欢的，妈明天给你编头发。"

没有女孩不喜欢美丽的东西，灰头土脸的我也不例外。从幼儿园起就被惊呼"怪物来了"的我，看中了一个有粉红色桃心、缀着红格子的缎带，确实喜欢。

第二天面试，桃心扎在了我妈编的麻花辫上，但我还是没自信，总觉得左脸发烧。我告诉自己，为了买头绳的钱，也得坚持下来。

我做到了，不过分数不够成为"小记者"，被告知如果再交几十块钱，可以做"小通讯员"。我妈二话不说给我交了钱。

但后来活动再无音讯，那个头绳我也只戴过一次。

三

令我没想到的是，在 18 岁时，我的胎记有救了。

那年我高三，下了学回家。我妈坐在屋里等我，欲言又止。

"你脸上的胎记能治了，你想啥时候治？"在我吃完晚饭后，妈终于开口，语气激动。

我愕然，不是不治之症吗？

她解释说，这些年她一直在打听，寄希望于科技进步。前些日子听说有人治好了，就瞒着我去问，得知在省会城市的一家医院 10 年前就能治。

当时还有半年就要高考，在房里写了一个多小时作业后，我平静地跟我妈说："我想现在就治，可以吗？"

做了激光手术后有大半个月不能出门，高三的寒假又短，这意味着我要耽误课。而且我的情况，至少要治 5 次。

我以为我妈一定反对，以她对我成绩神经质般的重视，但她想了一会儿，说："行吧，但你在家要自学。"

期末考试后，她帮我去学校请假。我俩拿着一沓厚厚的卷子回家。第二天，我们就去了客车站，奔向那座医院。

她专门给我买了件带拉链的毛衣，说怕脸治完了，套头的毛衣不方便穿脱。

在医院装潢华丽的大厅里，我怯生生地跟着我妈走进去。他们量了我的胎记大小，确定了治疗的价格是 2 万多元，一次性缴费签约治疗，可以治到满意为止。

我知道家里的预算最多 2 万元，悄悄拉我妈说："要不先回去吧。"我妈倒很有思想准备。

　　她向来是讲价高手，逛街时，130 元的衣服能 30 块买下来。我觉得跌面，她每次讲价我都跑远。

　　但那次我没拦着她，安静地听着她和院长求情诉苦，最后定了价格，17000 元。

　　她立刻去医院附近的取款机取了钱，交钱签字，一气呵成。

　　但真到我要进手术室了，她反倒犹豫。当时我胎记覆盖的左脸和额头上，都已经涂上局部麻药，盖着纱布，白色膏药冰凉凉的。

　　休息时间是 20 分钟，很快就到了，她却没催我进去，握紧我的手，问医生："这时间够吗？麻药能起效吗？"

　　得到肯定答复，她更忧虑："这怎么治啊，疼不疼啊？"

　　"不是介绍过了吗？激光刀。她这个胎记长在真皮，要把表皮打破，到真皮层再把色素清除。肯定疼。"

　　"那我跟着她进去吧？"

　　医生拒绝了。我心里慌乱，她拉着我的手很潮湿，让我觉得难受，我挣出手："没事，我自己去吧。"

　　我能感觉到她还是跟着我走到门口，站在那里，直到医生关上门。

　　手术台上的灯打开，医生轻轻揭下纱布。我耳边响起"嗒嗒嗒"的声音，脸上的皮肤像被针刺一样，焦煳味涌进鼻腔，我想象自己是串巨大的烧烤。

　　治疗持续了近 50 分钟，我疼得迷迷糊糊，血水从脸上流下来，左颊胀痛。我妈已经在旁边了，手里拿着冰块，看着我就开始哭。

返程需搭大巴，我妈进去买票，我留在广场上，捂着纱布站着，浑身像被插满刀子一样难受。

坐在车上，她一会儿摸摸我的头，一会儿拉拉我脸上的纱布。我索性躲过她的胳膊装睡。

到了家，我把自己反锁在了厕所摘纱布。它和血、药膏、烂肉都粘在一起。我狠下心看了镜子一眼，浑身颤抖。

镜子里的人，左半边脸血肉模糊，肿胀变形，在残损的创口还有乳黄色的药膏，像是脓液。

而不到 10 天后便是过年。我窝在家里，不敢出门，有客人来我就锁上卧室门，吃饭在屋子解决，上厕所也憋到客人走。

"你有啥怕人看啊？"我妈在搜我出来几次未果后，开始吼，客人都在。

"我怕吓到别人。"

"都是亲戚，谁能嫌弃你啊，赶紧出来！大过年的找不痛快！"

脸上的肿痛和心里的别扭让我崩溃了，我揪紧自己的头发，放声大哭。客人们涌了进来，说话大同小异："你这孩子真不懂事，你妈都是为你好啊。"

四

大二暑假时，第 5 次激光手术让我的胎记只剩下一条黑线，如同画歪了的眼线，其余的黑斑几乎看不出来，我停止了治疗。

此后我妈一次没再过问我的学习，取而代之的是"处对象没"，工作之后更甚。似乎我的人生只需要再结个婚，生个娃，就齐活了。

我的工作在省会城市的事业单位，回家只需要两小时的客车，稳定、体面、贫穷，一眼望穿60岁的生活。

一年多后，我去意已决，决定考研，工作之外的时间都用来复习，常常到后半夜一两点。我妈打电话来，每次都劝："别学了，考啥啊，没事去逛逛街，打扮打扮。"

她着急，到处给我搜罗适龄的男生介绍，公交车、医院、小区都是她给我寻觅佳偶的场所。

一次她在诊所打针，别人推介了一个博士，比我大几岁。

等我刚好在家，该博士也回家探亲时，我妈拉着正在复习的我出门去了男生家。男生妈妈和我妈尬聊了半小时，我和男生默默对坐。

女生的直觉让我确定，他心里有人，和我妈说了想法，她毫不意外，自然地说："我听说了，他有个同居的女朋友，但家里不同意，才逼着他回来相亲，也不知道那边断了没。"

我差点气死："你知道？那你还把我往火坑里推？"

没想到我才25岁，她对我的择偶要求就剩下两条：男的，活的。可她完全不了解我。除非是深爱的人，否则我断不会走进婚姻。

我们的矛盾爆发在考研失败后，我决意北漂。一边工作一边投简历，我的工资全用在买往返的车票上。后来想去的单位给了我机会，通宵了两个晚上准备后，我拿到了offer。

我妈激烈反对，她召集了家里所有和我关系亲近的人对我轰炸，劝我留下，还把她自己折腾到了住院。

"我是为你好。"她打着吊瓶，虚弱地说。她心脏一直不好。

我最终没去做那个工作，给HR姐姐发了道歉信，乖乖回原单位干活。但我很痛苦，从初中起就萌芽的强迫焦虑和抑郁倾向，在压制多年后，一起淹没了我。

我也才知道，当年班长王桥提出要看我的日记，是班主任授意的，目的是了解我是否有心理障碍。

我开始把自己关在8平方米的房间里，没日没夜地拉上窗帘。

害怕出门，怕说错一句话，怕飞驰而过的车撞来，好像站在沼泽中央，每一步都是陷阱。害怕得发抖，却没人可讲。

我妈看我这样，常唤声叹气地坐在我床上，一会儿说："今天天气真好。"一会儿又急急地问："你准备什么时候好？"见我不理她，又赌气地说："不管你了。"

像当年打听太田痣是否能治愈一样，她开始搜集有关抑郁症的信息，带我看心理医生。而当时的我，蜷缩在床上，抗拒吃药，很想杀掉自己。

我妈又带我去算命，人家说我身上有"虚病"，即有不干净的东西作祟。我妈听信，带我去偏僻郊区烧了几百个金元宝。

她找了一张又一张偏方，为我调理身体，我每天香蕉两根起，吃玉米面窝头。7月的大中午，被她要求晒太阳一小时。

我尝试跟我妈说："我在这里很痛苦，你还硬要留我，这也是为我好？"她总逃避讨论，说"我看电视去"或者"我说不过你"。

每次聊几句，都以她或者我的哭泣与歇斯底里告终。我们就像是溺水的人，一起挣扎，想互相拯救却又互相拖沉。几个月后，我妈终于同意我辞职，并说不再阻拦我的任何决定。

五

2015 年 10 月，我又报考了研究生。

考前一天，我妈特地早起，去庙里上香，许愿我考试顺利。

这次我如愿考上了北大。我妈对此很意外，当时查分数，她都问我会不会看错成绩，但能感觉到她舒了口气。

假期回家的一天，我俩吃完饭准备去散步。"你出门穿那条黑色裤子吧。"她说，停了停又补充，"还是你喜欢穿啥就穿啥吧。"

我们过马路时，她紧紧拉过我的手，我下意识地往后缩，但还是没抽出手。她沉默了一会儿，说："非得要我把对不起说出来吗？"

最近，她鼓励我的次数比过去二十几年都多，不知是在补偿，还是在努力做个温柔的家长。

我也遇到了一个待我如珍宝的男生。当我每天都在想他是不是不喜欢我了时，他会哭笑不得地摊手："怎么可能呢？"

但不甘和焦灼已经住进了我的身体。在宾馆住宿，除了把所有锁都锁上，我还必须把屋里能搬动的椅子、垫子都挤在门边；要是我走路不小心踢了一块石子在路中间，我整夜都会想会不会因此造成车祸，惶恐不安。

在男朋友的陪伴下，我去北大第六医院看医生，并开始了漫长的服药过程，系统地治疗强迫症和焦虑症。

熬过了最开始恶心头痛的药物反应，我已经和药物磨合得很和谐，就像和自己心里那块胎记——强迫和焦虑，也能友好相处一样，我开始正常生活，能够入睡。

研究生毕业后，我和男友结了婚。

不久前，我和妈妈聊起初三时想要跳楼的往事，我问她当时是不是真想让我去死。

她一副受伤的表情："你爸不是拉着你吗？我那都是为你好。"

文／林晓江

初恋守门员

有的人陪护你走过泥泞的童年，成了比父母更重要的存在。即使你的情感世界贫瘠荒芜，他也是忠诚不移的把门人。

一

我出生在一个大雪纷飞的夜里，母亲难产，我的下半身出来后，她就没力气了。医生用手拉我时，指甲抠到了我的嘴唇，在上面留下了一个疤痕，我这才脸色发青地来到人世间。

那一年，父亲没有固定的工作。为了谋生，父母结伴去温州，按时给家里打钱，却总不见人影，我小时候对他们的印象非常模糊，甚至以为自己没有父母。照顾我的人，是比我大两岁的哥哥。

我5岁那年，母亲回来了。她这次回来是要带我和哥哥去温州，准备在那里定居。但也就是那个时候，父母的婚姻出现了问题。父亲有了外遇，母亲要离婚，让我们跟着父亲，自己回了娘家，父亲则想把我们送出去，然后和外面那个女人一同生活。

在温州的日子，没有人管我和哥哥，我渴了就去喝水管子里的自来水。当时8岁的哥哥，开始给我做饭、烧开水，过马路时紧紧拉着我的手，晚上抱着我哄我睡觉。为了他，也为了我，他学会了所有的生活技巧。

后来，爸爸让爷爷去温州照顾我们。爷爷不喜欢我，喜欢哥哥，晚上只带着他去散步，让我独自待在家里。这段家里没有其他人的孤独时光，给我留下了巨大的阴影。

我唯一愿意亲近的异性，只有大我两岁的哥哥，因为我知道他会永远保护我。

二

爷爷为了撮合父亲和那个女人，把我们俩带回老家。爷爷奶奶都不喜欢我，每次他们打我骂我时，我就哭，哭得越大声，他们就越打我。哥哥每次都死命地抱着我，替我挡着。

7岁那年的春节前，父母都没回老家，我和哥哥像两个没人要的孩子，穿着破破烂烂的衣服过年。

有天晚上吃完饭，大家团坐在火炉边烤火，我和哥哥坐在叔叔对面。这时爷爷和叔叔发生了剧烈的争吵。叔叔吵得气急，一脚踹翻了火炉上烧着开水的锅，那一锅开水，朝着我泼了过来。

哥哥急忙把我推开，我只有脚脖子被烫伤，哥哥则结结实实被淋了一身开水。我还没有回过神来，哥哥拉着我就跑出了门，把我的裤脚拉开，我的脚脖子已经被开水烫得通红。我这才看到哥哥被烫得起了一脸的水泡。我大哭了出来，他则忍着剧痛一声不吭。

许久，爷爷跑出来，把哥哥送进医院。那晚，父母闹离婚的三年里都没有流过眼泪的哥哥，在打针的时候哭得像个婴儿。哥哥全身被涂满了药膏，我终日坐在病床边陪着他。他本来就不爱说话，那时变得更加沉默寡言。后来因为发炎，他的脸肿得很大，疼得整夜睡不着觉。

二姑打电话通知我父母。父亲在那边说了什么，我无从得知，但直到哥哥出院，父亲也没回来看一眼。母亲得知消息后很快就赶了回来，她跑到病房看见哥哥的那一刻，瘫软在地上，哭得起不来。爷爷原本就不喜欢母亲这个儿媳，要赶她出去。母亲那么斯文的人，都差点跟他打起来。

母亲没有跟我说话，看过哥哥就走。不久后，母亲给哥哥转了院，留在他身边彻夜照顾。当时所有人都以为哥哥会毁容，这辈子算是毁了。没想到，医生把哥哥身上的药擦干净，才发现他只是脖子和腿上有些细微疤痕，其余的地方都完好如初。

可能因为可以跟母亲生活在一起了，哥哥说话和露出笑容的次数明显增多。等到年后，母亲让我们回了爷爷家，甚至都没有送我们，只是问哥哥能不能找到回去的路。

哥哥拿着衣服和钱，点了点头，转身时，我看见他强忍着不让泪水流下来。

三

后来，父亲被情人骗光了钱，灰溜溜地回来想与母亲和好。在外婆和舅舅的劝说下，母亲也同意和父亲继续生活，勉强给我们一个完整的家。

父亲开始做生意，做什么亏什么，连我和哥哥的学费都交不上。母亲想方设法把我和哥哥送进最好的学校，让我们进最好的班级。这样一来，生活变得更拮据了。

即便生活在一起，生活也没有回归正轨，父母无休止地吵架，甚至动手。每次父母争吵，哥哥都站在母亲这边。

哥哥上初中后，每当父母再次吵架，他会直接冲上去打父亲。父亲骂他，他冲着父亲喊："我生病的时候你去哪儿了？我和妹妹上学的时候你去哪儿了？我们被人欺负，你又在哪儿？"一声声的质问，让父亲抬不起头。

哥哥的成绩很好，在学校排名第三，但当时我们家根本无法同时负担两个孩子的学费。母亲经常对我们说："你们一定要多读书，特别是小妹，女孩子不读书，将来会比男孩子更辛苦。"

也就是听了这句话，哥哥主动辍学了。他知道母亲不会同意，所以他逃学上网，考试交白卷，终于成功退学，去舅舅的厂子里上班。

当时的我也很叛逆，打架斗殴，吸烟喝酒，翻围墙去上网，老师叫父母把我带回家。回到家，母亲打了我一巴掌，我还没回过神来，父亲也打了我一巴掌，一脚将我踹倒在地，掐着我的脖子冲我吼："你不读书去做什么？"

我刚从地上站起来，还没有坐稳，父亲举起凳子，准备砸我身上，幸亏母亲及时拉住了。那是我第一次被亲生父母殴打，被父亲羞辱。我受到很大的刺激，躲在自己房间里，不愿见任何人，甚至想割腕，变得疯疯癫癫。

哥哥知道这些后，回家跟父亲大吵了一架，甚至要动手打父亲。哥哥没有责怪我的所作所为，而是带我暂时离开家，去他工作的地方，陪我到处玩，想让我积极起来。我抱着哥哥大哭了一场。

四

我上高一那年，父亲安排哥哥去当兵。送他去的路上，我没有哭，直到他上了火车，母亲拉着我留在原地，我才哭了出来。他走的时候，交代我照顾好母亲。

母亲则对我说，等我考上大学，哥哥就回来了。

哥哥当兵那几年，我一有机会就给他打电话，问他想不想我。他说不想，过后自己又笑了出来。我说："我想你了，可是见不到你怎么办？"于是他给我发了很多照片。

我把他的照片发到社交平台上，很多同学都问我："你哥怎么那么帅？你要不要嫂子？你跟你哥，真的是同一个妈生的吗？"我把他很受欢迎的事情告诉他，他故作威严，说："别开玩笑了。"

有意思的是，哥哥也让他的战友看了我的照片，他们都要哥哥把我介绍给他们。可哥哥舍不得，说只有一个妹妹，不能被别人抢走了。

两年后，我考上了山东的大学，离家千里，哥哥让我等他回来，他送我去大学。结果他退伍的时间延后，他打电话让父亲送我去。我不愿意，因为我还没有原谅父亲。

我一直以为，哥哥比我更恨父亲，哥哥却语重心长地跟我说："父亲也没什么学历，自己一个人在外面闯不容易，你也不小了，要懂得体谅……"

在哥哥的开导下，我慢慢放下了以前的那些事情，主动跟父亲打电话，父亲节也开始送礼物给他，他也会因为这些事高兴一段日子。他的生意起色不大，勉强能把往年的债务还清。而我上大学的学费、生活费，父亲给不了，基本上是哥哥寄来的。

大一春节，我终于见到了两年未见的哥哥，他比以前更加成熟、威严，更加有男人味。于是我又像小时候一样，不管他工作、吃饭、打游戏，都坐在他旁边。

去外婆家拜年的时候，舅舅带着他去相亲，我一脸不情愿，在那里挑拨了半天。亲戚们原本打算让我陪哥哥去，但最后都打消了这个念头，怕我把事情搅黄。等哥哥回来后，我追着问他，那个女孩怎么样，性格好不好，长得漂不漂亮之类的。

哥哥不耐烦地说："没你好，没你漂亮。我不过是为了不损舅舅的面子才去的，我才22岁，急什么？"听完哥哥的话，我在一旁开心地笑个不停。舅舅、舅妈都说，我从小跟着哥哥，太依赖他了，现在结个婚都吃醋，估计以后姑嫂关系搞不好。哥哥在一旁默默地说了句："搞不好就不要，肯定要找个搞得好的。"

后来，母亲一直笑话我们俩："哥哥找不到女朋友是怕小妹吃醋，小妹怕哥哥不会像以前对自己那么好了，小妹没有对象则是因为找不到比哥哥更好的男孩子了。"

五

春节后，我准备返校上学。哥哥给我买了笔记本电脑，说大学生好像都要用这个，很多地方用得到。然后他打了一大笔钱到我卡上，作为我下学期的生活费和大二的学费。

他给我的钱，足够我大二一学年花的。我说钱太多了，他轻描淡写道："女孩子喜欢买买买，你也不要顾虑，喜欢就买。"后来我从母亲那里得知，那时哥哥正打算付一辆车的首付款，听母亲说我学费有点凑不上，哥哥便放弃买车，把钱全部留下来给了我。

大二刚开学，哥哥打电话问我有没有谈对象，我说没有。

他在电话那头严肃教育我："谈对象可以，但毕业之前不能发生关系。还有，一定要对你好，至少要比我对你好，不能让你哭，让你哭的男的都不是真正爱你的。不要每天傻乎乎的，别被人骗了，有人欺负你告诉我，我立马赶过去。"

我边哽咽，边听完哥哥的话，应了一声。多想告诉他，不会有男孩子比他对我更好了，但我说不出口，因为他听不得我说矫情的话。

大三时，我第一次谈了恋爱，向哥哥请示，他先是和男友聊天，几番审查后才表示同意，并威胁他要对我好，否则就得挨揍。他的审查标准很简单：小妹说啥都对，这个男人不能让小妹哭，要对她好，还要成熟。

那之后，他时不时会吃男友的醋。比如我跟男友打电话，稍微一撒娇，他就说我只能在家里人面前撒娇。男友也会吃哥哥的醋，我一跟我哥打电话，他就特别害怕，说我有什么事找我哥，不找他。

其实在我内心，哥哥更像是我的初恋男友，现在的男友也是按哥哥的样子找的，性格比较成熟，我在他面前，可以不用太懂事。

而对于未来嫂子的问题，哥哥向我保证，不管有了谁，都会对我最好。可我心里清楚，对嫂子和对妹妹，是两种不同的好。

文／刘若

第二章 时代

灰色少女时代

痛苦的打击，就像人生的调色盘里混入的一大片黑色颜料，需要我们用一生的时间去消化，并接受它的存在。

一

精神病院的大门在我身后紧闭。我坐在一把破旧的木椅子上，对面是戴着厚厚眼镜的女医生，我看不清她的眼神，只听见她用尖细的嗓音问我母亲："你家小孩是怎么啦？"

"她总是不由自主地抽搐，有时尖叫、大吼、摇头，她自己克制不了。"母亲回答。

"怎么个抽法，能形容一下吗？"女医生又问。

母亲随即让我做出发病的状态给医生看。在医生灼热的目光之下，我极度难为情，神经也紧绷起来。

气氛变得焦灼，我始终未能做出发病的状态，医生有点不耐烦了，母亲只好拿起相机，对医生说，其实她已经偷偷录下了我抽搐的样子。

那是我一生中最羞耻的时刻，最丑陋的一面被妈妈悉数抖搂给精神科医生。在相机记录的视频里，我的尖叫声一阵阵传来。医生看完后，脸上一副不可置信的神色，她摆摆手："你家小孩儿这个病我还真是第一次见，我们这小医院没法治，你还是带她到大城市去看看吧。"

走出诊室的大门，我在走廊里遇见一个神情呆滞的女人，她散乱着头发，手中抱着保温瓶，腿扭在一起，歪歪斜斜地走路。我仿佛明白我在世人眼中是什么形象。

往前推一年，我9岁，是班上的三好学生和校庆晚会主持人。记不得从哪一天开始，我时不时叽里咕噜地骂人，骂的大部分是我不喜欢的同学和老师，甚至讨厌的亲戚。母亲以为，我那些不正常的表现都是在恶作剧，一次在我骂完人之后，她抬手扇了我一个耳光，眼里充满了失望。

上五年级后，我终于不再骂人，我的病症演化成抽搐。有时候，我要抽很久很久，大概十几分钟，有时候只抽十几秒，有时候隔半天才抽一次，有时候隔几分钟就要抽一次。在我出生的时候，母亲曾梦想把我培养成一个外交官，为此，她特意让我提早一年读小学。毫无疑问，我使她的愿望破灭了。

母亲温和的性情被我彻底改变。旁人报以指指点点和惊恐的神色，外公外婆无法理解，他们认为我得了精神病，催促母亲赶紧带我去医治。否则，我会毁掉自己的人生，还会毁掉母亲的人生。

长大以后，我明白"抽动秽语综合征"更能精准地形容当时的我。这种又名"妥瑞症"的疾病，由法国医生 Tourette 在 1885 年发现。它多发于儿童，发病原因复杂，用药不明，目前没有明确的治愈方案。那年我 10 岁，上四年级，我正式开启了与妥瑞症的斗争史。

二

我是早产儿，生下来时不足 6 斤重。当时情况危急，医生给母亲打了麻药之后就开始做剖宫产手术。麻药劲儿过后，母亲疼得直抓床单。因为青霉素的作用，我的全身严重过敏，整个人看起来皱皱巴巴的，医生以为我会死掉。当医生把小小的我递到父亲手中的时候，他哭了。哭得很激动，好久都停不下来。

我一天天地长大了。父亲是个工作狂，生活被工作和应酬挤满，职位也一直不断上升，母亲则本分地做好自己的工作，没有太大的野心。不知不觉间，两人的差距越来越大。

我有记忆以来，他们就没有和颜悦色地相处过，家中的气氛如同冰窖。与此同时，父亲出轨了，打破了二人在外界维持体面的婚姻生活的最终防线。

一周之内，他们最少要爆发三次吵架。于我来说，最不幸的是，大部分的吵架我都在场。他们毫不忌讳，毫不避让。

　　最激烈的一次，他们从客厅一直吵到了厨房，母亲拿起一把刀，作势要劈父亲，父亲伫立在厨房门口，眼神淡定。

　　我吓蒙了，全程抱着母亲的大腿。她甩刀的一刻，我拉住她的手，她以为误伤了我，立马撂下刀，抱着我，又是一顿痛哭。父亲摔门而去，母亲情绪未定，眼泪仍挂在脸上，不等擦拭好，三步两步跑到阳台。我看着她头朝下，头发凌乱，大声叫嚷，向离去的父亲吐唾沫，我想整栋家属楼大概都听见了她的叫骂声。

　　战火从家中蔓延到父亲的单位。一个普通的上学日，我记不得自己是怎么被母亲掳到父亲的单位，唯一停留在脑海里的画面，母亲在父亲的办公室里撕书、砸椅子，弄得一团糟，同事们退避三舍。"闹够了没有？"父亲阴沉着脸，她大声哭泣。

　　我发病的时候，父母已经离异三年。我们在学校门口租了小小的房子，在母亲的操持之下，日子过得并不算艰难，妥瑞症的到来改变了这一切。

　　为了治好我，母亲请假带着我走遍各大医院。我们最远跑到了北京，儿童医院的医生给我开了很多的药，并鼓励我："这个情况叫作多动症，很多小朋友都会得，你长大后这些症状就会消失的。"

　　我必须按时服用一种棕黄色的口服液，我记得它的名字——静灵口服液，一天要喝三支，有时候症状很严重时要喝五六支。一支就需要二十几块钱。除了租房，看病和买药成了我们平日里最大的开销。

喝过这种口服液后我能平静下来，不喝，我就又会犯病。有时候，在大街上，在餐馆，在家庭聚会上，我不由自主地抽搐、骂人、尖叫。母亲非常难堪地瞪着我，她越是这样，我发病就越厉害。

为了帮助我康复，母亲也学起了医，她在她的床头放置了三本厚厚的《儿童医学》。我现在还记得，每晚临睡前，在鹅黄色的灯光下她看书的模样。

三

与妥瑞症的斗争过程异常惨烈。因为怪异的抽搐与吼叫，在班上，没有人愿意跟我做朋友。有一次，我打翻了墨水瓶，毁了同桌的书本和书包，同桌用看苍蝇的眼神看着我，闹着跟老师说要换座位。

我的情绪每天都很低落，有时候上着课就哭起来，有时候跑到学校操场的角落，对着围墙开始哭。

初中时期，家里把我送往一所寄宿制的贵族学校。在那里，我的病症不断加重，成绩直线下降。我很努力地学习，成绩却勉强只能到班上的中游水平。

同宿舍的女生实在受不了我在她们即将要入睡的那一刻突然"猛烈的一下子"，她们联合起来，向教导主任细数一番我的罪状，但也无济于事，我依旧无法克制地踢椅子、扭脖子。

初一的冬天，我在学校澡堂洗澡，班上一直霸凌我的几个女生悄悄跟在我身后，戏谑地笑着。我已经习惯这样的眼神，于是自顾自地继续洗澡。等我出来后，我发现我的衣服全都不见了。

我冻得发抖，不知道能找谁帮忙，就一直赤裸着身体缩在更衣室。等澡堂关门时，校工来锁门，发现了我，给我穿上她的衣服，我得以解救。

第二天早上，我的衣服出现在了学校的操场上。后来，我听说，在我进澡堂后不久，那几个女生打开了我的衣柜，把我的外衣内衣一股脑儿地全扔在操场。

我在那所学校已经无法生存。父亲只好将我转回市区的一所重点初中，我重新过上走读生活。

我曾经以为只要积极配合治疗，就能重新做回正常人，所以在被霸凌的时候，我就会想起儿童医院医生说过的那句"长大后这些都会好的"。我无比期待长大成人，后来我才知道，大多数妥瑞症患者一辈子都无法康复。

也是在这个时候，母亲开始交往男朋友。她的生活不再单调乏味。她的男友是一个懂得享受生活的人，经常带着她搓麻泡脚、登山游泳。母亲过得开心了很多，她的脸上出现了久违的光彩和对未来生活的期望。

她的目光不再注视着我。周一到周五，我还是住在我们的出租屋里，一天两顿饭在校园托管所里解决。周六、周日，我就回外婆家住，有时候很久都见不着她的人影。

母亲举办婚礼的时候，我并不知情，我甚至不知道她有了结婚的打算。后来，我从外婆和姨妈的聊天中得知，母亲怕我闹事，跟所有人统一了口径，瞒着我结了婚。

日子就这么过了两年，母亲和她的丈夫生下了一个儿子，不久后，她跟随丈夫到远方生活。自此，她脱离了我的人生。

四

母亲离开后，父亲把我接到他身边一起生活。和他生活在一起，是我成长最快的一段时间，在天生好强善战的父亲的影响下，我从内向、孤僻、沉默寡言逐渐变得有斗志、有野心。

但惊吓、恐惧、瑟缩从未远离我，快递员敲门的声音、沉重的脚步声、摇晃钥匙链的声音都会让我一阵心悸。

父亲为我找的心理医生认为，童年那段不愉快的家庭生活是我患上妥瑞症的主要因素，也造成了我的神经系统敏感于常人。曾经有一篇研究提出，幼时受惊吓过度的孩童患妥瑞症率会增加，我拿着这篇文章埋怨父亲，我知道他内心满是愧疚。

高考前的一个夜晚，我读到意大利记者法拉奇的《给一个未出世的孩子的信》。她在里面娓娓道来，"即使在最悲哀的时候，我也不曾为我生命的诞生而感到惋惜，因为我知道世界上没有什么比虚无更糟了，即使在痛苦的时候，我也知道，痛苦好过虚无。"

如获神谕般的，我明白了我与妥瑞症的斗争并不是没有意义的。上大学对我来说意味着一次解放，在高考填写志愿的时候，我选择了传媒专业，因为我想要像法拉奇那样去战斗。

　　上大学后，我努力充实自己，但我仍然不能适应宿舍集体生活。大学四年，我都住在单人宿舍。我的疾病是静默的，是爆裂的，是无情的，是潜移默化的。我形成了一种强迫性思维，心中常常默念"为什么我不能生下来就做一个正常人？""为什么自己做不到像别人那样正常地生活？"

　　在这样的心境下，我抑郁了。有一段时间，因为妥瑞症和抑郁症，我几乎面临休学。

　　最长的时候，我可以4天不下床、不吃饭、不上课，我躺在床上，脑子里静静地预设着我下床以后要做的事情，却仍旧是一种对生活完全失去好奇心的心情。我在脑海中排练下床的姿势，鼓励自己"现在，可以下床去喝一口水了吧"。我不明白，为什么对我而言，仅仅是下床这个动作都这么艰难。

　　我又踏入了精神病院的大门。每天，我要服用三种药，一种用来抗抑郁，一种用来抗焦虑，还有一种用来安眠。我靠抗焦虑的药物来抑制情绪，但服下抗焦虑的药物后，我的心情会从焦虑转向低落，这个时候，我不得不服用抗抑郁的药物。

　　我的病情时好时坏。有时候，我像癫痫病人一般抽搐。在洗手间，在电梯里，在任何一个别人看不见我的地方，我疯狂地乱喊乱叫。

　　父亲问过我，为什么要抽搐，为什么要大喊大叫。我也回答不上来，我只是觉得，内心有很多烦闷和怒火，只有喊出来，抽两下，我的心情才能舒畅一些。

有一次，我跟父亲说，"这辈子不想嫁人，我有病，也不想伤害别人。"

他沉默了一会儿，说道："不嫁就不嫁，爸爸用下半生的时间陪你。"

我接着说："我这辈子最大的愿望是当一个正常人。"他便非常确信地说："你就是一个正常人，任何人都不能说你不正常。"

五

"为什么我如此热衷参加欧洲的那些艺术大赛呢？"他沉吟了一下，"我就是要让他们都知道，中国人是懂艺术的，中国人是会艺术的！"

那是大三的某一天，讲台上，一位来自中国台湾的艺术家为我们做讲座，我观察到他时不时地眨巴眼睛、扭头、清嗓子。散会后，我克制不住内心的好奇，挤到他身边去和他聊天，想要证实自己的猜想。

果不其然，他是一名妥瑞症患者。

他告诉我，他在小学的时候患上妥瑞症，和普通患者比起来，他的症状要严重很多，他从早到晚都会不断地抽搐。父亲每每见到他这个样子，就会大打出手，以作教训。同时，他还被同班的恶霸欺负。有过那么一段时间，他一天要挨两顿打，在放学路上，被恶霸打一顿，回到家里，再被他父亲打一顿。

在他上初中的时候，父亲因为脑溢血去世了，家中唯一的经济来源从此被切断。为了生存，他去了日本打工。

"你知道在日本的时候我怎么养活自己的吗？"在午后宁静的校园，他问我。

为了赚快钱，他选择了别人都不愿意去做的工作 —— 在殡仪馆帮逝者的遗体插花。有时碰到高度腐烂的尸体，花朵的清香都遮盖不住尸臭。

他从小就对花艺有极大兴趣，从日本回来后，他一头扎进花艺创作里。几年之后，他成为享誉中国的花艺大师。他告诉我，妥瑞症并没有影响到他对花艺的热爱，反而使他更坚定地要在艺术这条路上一直走下去。

受到他的鼓励，我开始正视自己患病的事实。小时候，我曾以为自己是地球上唯一拥有这样不正常的症状的人。我开始主动在网上各大论坛寻找同样患病的网友。在和他们交流的过程中，我发现，我们大多有着并不幸福的童年。有些朋友，甚至没有一个安稳的居住地，跟着文化程度低下的父母散居在棚户区里，被不良青年追着满街跑要保护费，被城乡接合部染着黄发的小混混吹口哨，亲眼看着父亲家暴母亲。

我交到的第一个妥瑞症好友 L，在美国留学，她和我一样，在很小的时候就患上妥瑞症。她的父母经商，她告诉我，为了治好妥瑞症，她能看的医生都看了，花了数百万人民币。

"花那么多钱，都没能治好，就说明是治不好了。但治不好又怎样呢？"她咧了下嘴。

"是呀，不如就这样一辈子，又能怎样呢？"我戏谑道。我们一起大笑了起来。

和同样患有妥瑞症的朋友相处，使我找到了更多对生活的信心，同时也坚定了一辈子做好记者的决心。慢慢地，我抑郁的症状也开始减少，半年前，我停止了服用抗抑郁的药物。

我想起高三毕业那年，去一座不知名的寺庙玩，遇到一位和尚，他问我信不信佛，我告诉他我什么都不信。

他说："好，未知人生苦楚，便不会信佛，这说明你过得很幸福。"

说罢，他便离去。

和尚的话常常在我耳边回响，难道我真的是幸福的吗？

"我不害怕痛苦，因为我们是伴着痛苦而降生、成长的。我们已经习惯了痛苦，像是已经习惯了我们的胳膊和双腿一样。事实上，我甚至不害怕死亡，死亡至少意味着你诞生过一次，至少意味着你战胜虚无一次。"法拉奇在《给一个未出生的孩子的信》中写道。

从 10 岁患上妥瑞症，到现在已经整整 12 年。今天，我把这段经历如实记录下来，是因为我相信我已经和这种疾病达成了和解。我与它缠斗，有时胜利，有时惨败，但我决定，无论如何，我不会退缩。

文 / 明山

催吐瘾症

"完美的自己"就像一面魔镜，以虚假的形象俘虏你向它靠近。
当你希望变成它，便跌进了迷失自我的地狱之门。

一

吃播视频里，苗条的女主播面前摆满了各种食物。无数条滚动的弹幕见证着她吃完了一百串肉串，接着又吃光了一大盆小龙虾。

看吃播是我减肥期间培养出的爱好，借别人之口，也能得到某种满足感。可现在看着她大快朵颐，而我的胃里酸水翻涌，一阵绞痛。冲到厨房拉开冰箱，面前空空如也，幸亏我提前清空了冰箱里所有能吃的东西。我在尽最大的努力抵制野蛮生长的食欲。

胃酸让我产生了呕吐的感觉，我跑到马桶前，把腰背弯曲成虾子的模样，也只是吐出来酸水和苦涩的胆汁。我感到喉咙有点肿胀，吃了一片胃药，筋疲力尽地倒在床上。

备战高考的几年，爸妈担心瘦弱的我营养不良，像养猪一样一天五顿地把我喂胖了。上完晚自习回来已经是九点半，妈妈会准备一个大搪瓷碗，碗里几乎溢出来的面条上铺着一层火腿肠，上下还各卧了一只荷包蛋。面条煮得有点透明，白的面条、绿的葱花、粉红火腿被猪油的香气包裹着，每次吃完，我的肚子都鼓成圆球。我至今还记得面条的软糯和汤头的香甜，因为那之后，我几乎没有像那时候一样，好好体会食物的味道。

高中撑开的胃和养肥的身体，在大学就成了包袱。高中年代，一切以学习为重，无暇顾及外貌，到了大学，彻底变成了以瘦为美的社会。室友不止一次地说："我的终极目标就是成为苍井优那样的女生，瘦白干净。"

不知从谁开始，"要么瘦要么死"成了金句在寝室被不断提起。我抵御不了甜品的香甜，也忍受不了运动的漫长和辛苦，常规的减肥道路真的太辛苦了。很快，我就找到了一条看似没有痛苦的减肥之路。

二

第一次催吐是在一次聚餐之后。那天大家吵吵闹闹地吃烧烤，氛围特别好，我刚开始只是喝喝饮料，到后来被劝着吃了很多东西，光是烤馒头片和羊排就各吃了 5 串。我绕着操场走了几圈，但还是撑得慌，心里一阵后悔难过，觉得吃下去的东西正在迅速地被身体吸收，变成肥肉堆积在水桶腰、大象腿和粗胳膊上。

这个时候，我想到了之前看的一部电影中的画面：女生去厕所催吐，外面的女生不耐烦地敲门，大声喊着："你快点啊，我肚子里的苹果派都快要消化了。"

我鬼使神差地溜进厕所，尝试用手指抠了一下喉咙。

非常不幸的是，我成功了。当我吐到只剩酸水、胃里空空之后，我神清气爽地回到了宿舍，呕吐过后的我产生了一种莫名的成就感。

我照例会夜跑，表面上会像普通女孩一样努力减肥。但是我不再愿意控制自己的食欲。聚餐时，大家惊讶于一个瘦瘦小小的女生吃得比男生还多，会有女生羡慕地说："你真好，怎么也吃不胖的。"体重秤上越来越少的数字也不停刺激着我的虚荣心。

有时催吐后胃会痉挛，有时还会被呛住，咳个不停。催吐的时候，手指摸到喉咙里有一块东西，它会在刺激中变得肿胀，这时候口水、眼泪会和呕吐物一起飙出来。

每次折腾完，眼睛红红的，脸也肿起来，但想着可以变成瘦瘦的小仙女，这些痛苦又算什么。我的催吐频率从一个月一次，到一个星期一次，最后演变成了一天三次。就像一种瘾，我开始深深迷恋胃里空空的感觉，无法收手。我还总结了不少经验：进食中多喝有气泡的碳酸饮料会帮助自己更好地呕吐，用筷子抵住喉咙比用手会更方便、刺激得更彻底。

一个学期后，我的身上出现了很多状况：头发越来越稀少、枯黄，月经剧烈疼痛，颜色发黑，身上也有挥之不去的酸臭味，走路的时候轻飘飘的，记性也越变越差。舍友会旁敲侧击地说："大勺，你不能再瘦了，我看你脸色特别不好，特别蜡黄。"然而我也只是往脸上涂更多的 BB 霜去掩盖。

唯一一次动摇是宿管阿姨很大声地抱怨说，老是有人在厕所呕吐，很难清理。然后再去吐的时候，我就会拿着灌满水的4.5L 的怡宝瓶子进厕所，吐完后将战场收拾得干干净净。

我唯一害怕的是被发现，而应对的方式就是去掩盖。那个时候，我唯独不把自己的身体当回事。

三

　　我原本健康的牙齿因为胃酸的侵蚀，在一年之内变得极其脆弱，摇摇欲坠，后槽牙烂了 4 个洞。牙医跟我说少吃点甜的，我只能笑着说好。吃饭对我来说已经变成了进食。买了饭后，只是机械地慌不择路地吞食，像完成一个任务一样，把面前一大堆东西吃得干干净净，再冲到厕所，吐得干干净净。

　　到后来每次吐完，我已经不再有了之前的骄傲，因为我意识到，自己并没有控制这件事，而是被它牢牢地控制了。暴食再催吐，心情低落又暴食，成了一个死循环。

　　我安慰自己瘦到 90 斤就放手，等到了 90 斤，我又在想像我这个身高，85 斤以下才合适，瘦到 80 斤吧，80 斤就再也不这样了。

　　最后我已经瘦成一把骨头，暴食和催吐让我的咬肌和唾液腺都变大，我的脸越来越肿大。我才知道这是一条没有终点的路。

　　现在的我只要一弯腰，这些食物就会自动从胃里流出来，我也不知道这是好还是坏。直到胃酸倒流灼烧食道的时候，我才真正害怕起来。我在网上查到，这样可能会发展成胃癌。我告诉自己真的要戒吐了，忍住了几天没有暴食。直到有一天，我在网上找到了自己的组织：催吐吧。

四

催吐吧的头像是一只与人击掌的可爱小兔子，聚集的是一群深陷催吐泥沼的年轻女孩子。吧里除了用 bs（暴食）、ct（催吐）这样的缩写，也会有一些自己的黑话，呕吐叫"生"或者"生孩"，暴食叫"撸"，刷水则指的是"在吐完食物后灌水再吐，以求吐得干净"等等。

在这里，有催吐史 5 年的前辈，也有一天吐七八次的人，一部分帖子会晒好吃的，一部分会分享经验，打卡自己的催吐记录。

真的就像一群互相取暖的小兔子，大家相互鼓励加油。有人在帖子里挣扎难过，和她一起难受，似乎就不会那么难以度过。一群人在一起形成了强大的磁场，比赛着谁吐得更干净，谁瘦得更快。

我也在这里找到了胃酸的解决方法，那就是吃达喜等用于治疗慢性胃炎的铝碳酸镁片。从一开始的一片，到后来的一次吃 6 片都不怎么管用。

我的一颗牙齿已经完全破碎，补也补不起来了，兔子们就教我用管子，呕吐物不经过嘴巴，就不会伤害牙齿。

我觉得自己跳进了一个兔子王国，兔子们正扛着我一起越走越远。

五

大四的时候，室友在群里分享了一篇关于厌食症女孩猝死的文章。我点进去看到，她是暴食催吐，最后猝死。我的脑子"嗡"的一声，似乎破开一个洞。我开始后怕起来，我会不会已经有无数种可能，死于一场呕吐了呢。

我注销了自己的百度账号，把所有的零食都送给了宿舍和班上的同学们，开始努力规律地吃饭。我努力地控制我野蛮的食欲，但却发现我的胃坏掉了，不再能分辨出饥饿和饱，吃下去的食物就像掉入了一个无底洞，没有满足的感觉。我会突然饿得难受，但是吃一口又会胀气。我的味蕾似乎也被腐蚀，感受不到味道，吃不出滋味。

我一边提心吊胆，一边在医院接受治疗，却不敢说是催吐，按照慢性胃炎去治疗。医生叹口气，让我从温热的稀饭和柔软的食物开始，慢慢去抚摸自己的胃和善待自己的身体。

"我女儿和你一样大，真是不明白，为什么就是要瘦呢？"

除了慢性胃炎，我还得到了一口烂牙，我做了两个全瓷牙冠，还有一个已经烂到牙根了，只能拔除，植牙。食欲来了，我就看吃播，里面漂亮苗条的女孩有着惊人的胃口，吃着普通人两天可能也吃不完的食物，然而滤镜和粉底也盖不住的暗淡脸色，加快过后的声音也能听出是沙沙的嘶哑的。有时候我在想，这些女孩子是不是也在走我以前走过的路呢。

孩童时期，我崇拜的迪士尼公主一个个苗条美丽，腰肢盈盈一握。长大后，关于美丽的定义是 A4 腰、反手摸肚脐、马甲线、比基尼桥。我至今记得微博上盛传的一张图片，配的文字是：别吃太胖，会被杀掉的。虽然是一句戏谑，却仍然透露出大众审美对于体型的狭隘定义。

其实直到现在，我还是会偶尔催吐，不过频率降低了很多。坦然接受之后，偶尔吃多了，也不会太过焦躁不安。经过了疯狂追求瘦而得不偿失的那个阶段，我慢慢开始接受现在这个自己，不管是胖还是瘦，黑还是白。

文／苏琴

快来救我

命运仿佛抛物线。但站在悬崖边上的人，永远不会知道，此刻正有人努力从崖底一步步往上爬。

一

高中时代，我一直是班上的优等生，老师和父母认定我会考上北大。这种念头充斥了我的生活。

我的弱项是英语听力。那时候听力还放磁带，一面40分钟。高二暑假，为了弥补短板，我专门买了录音机，白天外放，晚上睡觉前戴耳机听。录音机是自动播放的，不按停，就会反反复复播一整晚。

一天早上，我起床听见耳朵里的杂音，蝉鸣一般，一浪一浪。我赶紧让妈妈带我去医院，医生告诫我不许再用耳机。我点头答应，心里想的却是："还有一年就高考了，不用耳机怎么行？"

高三上学期第一次月考结束，我得了重感冒，耳朵里像插了一刀，满世界都是"吱"的声音。再次就医，还是原来的医生，他拿着诊断结果，把我骂了一顿。可是我连他的骂声都听不清楚。

我捏着诊断报告：鼓膜塌陷，神经性耳聋，左耳65分贝，右耳75分贝。医生写了几个字："先把其他的事放下，治病要紧。"

感冒痊愈后，耳朵不疼了，耳鸣却无法治愈。我请了一个月长假在家养病，每天坐卧不宁。耳朵稍微好了一些，我就迫切想回学校。

回去之后，连续三次模拟月考，我都考了班里的后10名。我盯着试卷上触目惊心的分数，直到同桌拿手在我眼前晃了晃："怎么了？你保持这个姿势快半个小时了。"

我说："你看看，我想不太明白题错在哪里。"

同桌把试卷拿过去，惊叫起来："你怎么回事？6加5等于1。"然后他笑："你看看你，前面那么难的步骤都对了，最后一步算错了。"可是我根本不知道我为什么会写1。

我发现很多平时轻松应付的题，突然就不会做了。

二

第三次月考结束后，班主任把我叫到了办公室："你怎么回事，你还想不想上大学？你知道你拉了班级平均分多少分吗？我还要不要升学率了？"我不吭声，他又接着说："你回家休息吧，治好病再回来。给你保留学籍，明年再来考试。"

我小声哀求班主任，想留下来。当我还是优等生的时候，我偶尔在课堂上吃早饭，他从来当没看见。我不信他会这么狠心。

老师没有回答，叹气说："这是教导主任的意思，学校怕出事。"前两年，学校里出了高考状元，之后有个女孩从教师办公楼上跳了下来。她平时比状元学习成绩好得多，但高考落榜了。

我没有同意老师让我回家的决定，硬扛着，没告诉父母。接下来的一次考试，我考了班级倒数第一。同学们窃窃私语地讨论我，我的耳朵听不清楚，但"精神病"这个名词不断地出现。

耳朵痛得不得了，我去办公室请假，离开的时候，听到老师们在讨论："从年级前五掉到倒数第一，这孩子算是废了。心理太脆弱，长大也不会有出息。""一定要把她弄回家。"

回到家后，我对父母说："我不想上学了。"爸爸随手抄起一根棍子在我身上抽了几下："要你这个废物有什么用！"他还要打，妈妈哭着拦住他，对我喊："快向爸爸认错，说你要上学！"

我真恨自己的耳朵，还能听到这些话。

三

父母仍然带我去看那个耳科医生，他仔细询问了我的病情，说我很可能是抑郁症。

父亲在医院里大吵大闹，说我就是没事找事，天天不缺吃不缺穿，却给养废了，上辈子造了什么孽有这么个孩子。他走了，只留下妈妈带我去看心理咨询科，医生草草问了两句，给我开了舒必利。我一看说明书，是治疗精神分裂症的。

我试图向医生说明我不是幻听，是耳朵出了毛病。这位年轻的医生不屑地说："是你知道还是我知道？你马上就要精神分裂了，先把药吃上！"

我没有吃他开的药。那时候互联网刚刚兴起，家里没有电脑，我偷偷去了网吧，查找跟自己症状对应的病症，了解了很多关于抑郁症的知识。从网吧出来，我直奔药店，买了治疗抑郁症的第一瓶药：多虑平。8块5毛钱。

吃完药，我每天连走路时都在发抖，心脏也不舒服，一直喘不上气。但直到现在，我还清楚地记得瓶身上那个小小的福字商标，我觉得它会带给我好运。

半个月后，我的头脑开始清醒，睡眠好多了，耳朵的疼痛缓解，耳鸣的症状也减轻了，也能听清楚别人说话。妈妈给我买了很多安神补脑液，她坚信只要睡好了，什么问题都能解决。

第一个回到我脑子里的想法，还是想考北大，所以从过年后开始，我就一直在家里复习，解题速度比从前还快。高考结束后，我估了600多分，在志愿上填报了北大。我觉得世界又美好了起来，每天出去和朋友玩，玩得昏天黑地。

放榜后，我考了632分，超出录取线30多分，一家人都沉浸在喜悦中。但我一直没有等到录取通知书，有些比我分数低的同学，都拿到了通知书。

我每天去学校里问老师，终于有一天，教务主任告诉我，班主任私自改了我的志愿。他认为我当时的状态肯定考不上，就改了一所他觉得我考得上的学校，但他忘记改电子档案了。于是，两所学校都把我的档案退回了。

教务主任试图安抚我的情绪，不断地向我解释是为我好，还承诺我在本校复读不收学费。我在炎炎烈日下走出学校，看到学校光荣榜上，考上北大的有12个，就包括比我分数低的同学。

我再也不想见到班主任，想到另一所学校报名复读。填写高考成绩的时候，我看到招生老师吃惊的眼神，我对他笑了笑。

开学一个月，原先的班主任出现在教室里，挨个"指认"他的学生："这个是我的学生，这个也是我的。当我不知道呢，我们学校辛辛苦苦培养的学生，被他们给截和了！"

当天上午，我接到了通知，让我回原学校就读，过期本地区所有学校将不再接收。

我收拾了所有行李，整装回家。

四

回家的那天夜里，我惊恐发作（亦称急性焦虑发作，发作时患者有濒死感），仿佛有人卡着我的脖子，快要断气了。我在床上来回翻滚，呕吐，翻白眼，大喊大叫："快来救我！"

迷糊中有人抓着我的手，似乎是妈妈，旁边爸爸的声音说："花了那么多钱，怎么还是这样？不就是回原学校吗？在哪里上学不都一样？"

几分钟后，症状消失。家里静悄悄的，像是什么都没有发生过。后半夜，又开始了，整个楼都听见了我的呼救声，依稀听见爸爸说："还要折腾多久？"

我决定不折腾了。在大家都睡着以后，我找了一条领带去了断自己，缺氧的我大小便失禁，双手双脚打摆子。后来我被救了回来，那天成了我一生中最羞耻的一夜。

刚从病床上醒来，爸爸抢了我一巴掌。妈妈爆发了："你是不是要把女儿逼死才甘心！"医生把爸爸请了出去，是妈妈感觉我的房间动静不对，才及时救了我。

事实上，在我感觉自己失禁时，我就后悔了，可我发不出声音来，死亡的恐惧铺天盖地，我觉得我完了。当我发现我好好地在医院里时，我松了一口气。

医生给我检查了一下，建议我看心理咨询科，我想到了当初把我诊断为精神分裂的医生，心下抗拒。急诊科的大夫说："你去找心理咨询科的王主任，他明天上班。"

第二天，我在妈妈的陪同下，再次来到医院。这是我人生的转折点，在罹患抑郁症一年后，我正式开始了系统的、正规的治疗。心理科主任姓王，40多岁，说话声音很温和，表情很专注，没有看到一丝一毫的不耐烦和嫌弃。我不自觉地心情放松，把这一年来的经历娓娓道来。医生说："你要是早点来的话，就不用吃这么多苦了。"

他认为我在吃苦，而不是像其他人一样，认为我是矫情。在那个年代，人们对抑郁症的想法就是这个人无病呻吟，没事找事，身在福中不知福。那一天，当我听到王医生这么说的时候，我竟然控制不住地落泪了。

我犹豫半晌，把我第一次看病的情景告诉了王医生。他说："你说的大夫我知道，很多病人投诉过他，他的学历很高，却没有心理医生最基本的素质——共情，他不喜欢这份工作，已经离开医院了。"

"请问大夫，共情是什么？"

医生沉默了一会儿，对我说："是慈悲。"

五

我放弃了学业，在家里专心治病。医生给我开了氯丙咪嗪、阿普唑仑和心得安。他说我擅自吃药伤害了心脏，吃心得安是保护心脏的；失眠严重时，吃一片阿普唑仑，不失眠就不用吃；氯丙咪嗪是渐进式的加量，一个礼拜后到达峰值。后来，医生根据我的情况不断调整剂量，一个月后，用药稳定在一天两片。

我按照医嘱吃药，果然没有心脏方面的副作用，其他的锥体外系反应也在控制范围内。治疗期间仍然有控制不住的悲伤情绪，我牢记王医生的嘱咐：随它去吧，不用混乱的大脑思考任何问题。

耳鸣、头痛、失眠、悲伤、害怕，随它去吧。我治病就好，把每个今天过好就好。后来医生告诉我，这是森田疗法，我执行得很好。我信心大增。

用药半年后，我觉得自己痊愈了，很高兴地去找王医生复诊。王医生冷静地对我说："一般来说，抑郁症复发的可能性比较大。"

"你刚开始的症状很严重，复发过很多次，所以，抑郁症很可能会伴你一生。"

这对我来说是当头一棒。我很惶恐，难以想象，当我老了，我还要和这个心魔纠缠。

"但是，面对问题才能解决问题。我告诉你这些，是怕你将来复发的时候不能接受，悲观失望。如果复发了，那就复发吧，治病就好了。你就把它当成一个感冒，病了，咱就治。顺其自然，不和它较劲，你越较劲，它越纠缠你。你这次做得很好，下一次，你也能做好。"

"好，谢谢医生。"

王医生建议我再吃半年的药，让大脑充分休息。我一直严格执行。我找了个超市的工作，每天身体很累，心里却很轻松。我以前的同学来看我，他们都是大学生，当他们惊讶我这个以前的优等生要去超市搬货时，我没有心理失衡。每个人都有自己的路要走，能健康地活着，我已经是感恩。

我甚至已经不再怨恨自己的班主任了。医生对我说："柔软的舌头也是杀人的刀，你不能再让这把刀伤害你，你无法改变别人，只有改变自己。"我改变自己了，选择原谅这些人。什么是原谅呢？原谅就是，被人践踏的花发出的香气。

爸爸说话还是一如既往的刻薄，我笑笑，就不去想这件事了。人生那么短，我得多想想开心的事。这个月多发了100块工资，不如给妈妈买条围巾？

就这样，时间悄悄地过了两年，我尝试拿起以前的课本自学，欣喜地发现自己没有头疼，只是在累的时候会稍稍耳鸣，及时休息的话，耳鸣就会缓解。我在家里复习了一年，以社会人员的名义参加了当年的高考。

高考体检是在本地的防疫站，我又一次见到了以前的班主任。他领着新一届的学生来体检，长长的学生队伍，他来回奔忙。我和班主任在走廊擦肩而过，他对我点点头，我对他笑了笑，随后他说："这次考试圆锥曲线很可能出大题，你好好复习一下这部分。"

"嗯，谢谢老师。"

"不用谢，我也希望……唉，不说了，希望你能考上吧。"

"谢谢老师。"

我们道了个别，各自走开。明明心里惊涛骇浪，脸上却云淡风轻。明明想一直笑，却在转身时泪流满面。

两年的空白期给我的影响很大，多亏我扎实的基础，我顺利考上了大学。虽然和我当年的梦想相去甚远，仅仅是个普通的一本，但比起两年前的情形简直就是天堂。

大学四年，我有过一次不明原因的小发作，便给王大夫打电话。他给我开的药物变成舍曲林，持续吃药一个月后，情绪改善，半年后，恢复正常。

王医生夸我是个好病人，有强烈的自救欲望和随遇而安的性格。他说："恭喜你，你的感冒又好了。"

我说："王叔叔，谢谢您的慈悲。"

我决定牢记他的慈悲，用慈悲心去温柔地对待其他人。我不会去讽刺不幸的人，活在世上已经是艰难，为什么还要相互伤害？

时光匆匆流逝，转眼就过了10多年。这10多年里，我数次复发。我没有自己擅自吃药，而是看完医生后，按照医嘱治疗服药。每次都平安恢复，一般症状持续不到两个月，并且时间越来越短。

现在，抑郁症像一个不时拜访的老友，每当情绪不振时，我能感受到它逼近的气息，我甚至可以对它说："嗨！你来了，坐？"当我从沉重的焦虑不安中缓过来，我知道它又走了，我可以平静地和它挥手说再见。

但我知道，来或不来，它一直在那里。我已经接受了抑郁症这个心魔和我如影随形。我结了婚，生了小孩，我甚至没有得产后抑郁，因为我一点都不担心，得就得吧，治就行了。果然，产后抑郁没有来敲门。

我的耳朵听力也稍稍恢复了些。以前，耳科医生给我开过滴鼻净。这件事给了我一个启发，只要疼的时候，或是听不清楚的时候，吃感冒药睡一觉，就能缓解症状。这个发现让我很开心。

我是个平凡的人，年少时的梦想已经离我很远。如果没有抑郁症，也许我会过另一种人生，可是人生没有如果。现在，我工作普通，收入一般，可以说是一个庸庸碌碌的人。那又怎样呢？我是一个拼尽全力活着的平凡人，我觉得自己很了不起。

文／罗丛萱

变形记

外貌的缺陷，是一道缓慢自愈、又在他人的目光下不断撕裂的伤口。

一

教师资格证笔试通过，面试前需要体检。医生对着我上下打量一番，瞪大眼睛问："你这是什么情况？"

我心里一沉："小时候被火烧伤过。"

医生迟疑了下，让我去外面等候。我点点头，默默退出检查室。

我撒了谎，下意识地用异形的双手拍拍胸口，深呼吸。我知道自己在外人眼中的模样：脸上密布粉红色斑点，嘴唇很薄，鼻子尖，面部僵硬，表情呆滞，像戴了一副天然的面具。

从小，我就渴望成为一名人民教师，这能帮助我在一些事情上主持正义。但刚才的举动违背了我的初衷。

所有考生检查完毕，我再次走进检查室，鼓起勇气主动承认："我得了硬皮病。这是一种罕见病。我一直在积极接受治疗，只是没有遇到能彻底将我治愈的那个医生……我会越来越好的。"

女医生拿不定主意，带我去找院长。听说情况后，院长一脸怀疑，粗声粗气地打断我："你的脸和手已经变形了，这样的形象太吓人了，学生会害怕的。"

或许意识到自己的话过于苛刻，他又说："你可以去办一个残疾证，让残联给你安排一个轻松的工作。以后，就不要抱有其他期待和想法了。"

这句安抚比刚才的攻击还要刺耳，轻易摧毁我建设了 26 年的自信心。

二

1998 年，8 岁的我双手莫名红肿。母亲认为我长冻疮了，没有太在意。

夏天来临，情况没有半点缓解。只要用凉水洗手，双手会发白，甚至呈现紫色，还会伴随强烈的刺痛麻木感，疼痛感蔓延到双脚，我时常痛到大哭。

父亲是兽医，职业习惯让他捕捉到我的异常，带我到县城的医院就诊。医生没有查明病因，父亲连夜带我去西安的医院。

门诊根据我的症状，初步认为我患上了系统性硬皮病。这是一种自身免疫性疾病，以皮肤和内脏器官纤维化（皮肤和内脏变硬）为特征。高发人群通常是 25 岁至 55 岁的女性，而我当时才八九岁。

住院后，医生在我的左前臂取了一块组织做病理检验。那时我住在儿童住院部。夜晚，住院部不允许男性家属陪同，父亲只能整夜坐在病房外的椅子上看护。

头一回住院的我感觉新鲜又害怕。我不敢睡觉，隔一会儿就对着窗户喊一声："爸爸！"父亲总是第一时间回应我："小媛，老汉儿在哈，莫怕。"父亲身高只有 1.66 米，得踮起脚尖，才能透过走廊窗户下方的边缘看到病床上的我。看着他的头顶在窗口边缘起起伏伏，我在浓厚的安全感中安心睡去。

没多久，我们拿到确诊结果。医生向父亲交代注意事项，不要让我劳累、生气和剧烈运动。我坐在一边听着，心里很开心，认为家人以后都会顺着我了。

在医院治疗的那个月，也是病情的发展期。我双脚疼痛加剧，全身肌肤紧绷、发硬、发亮，胸前开始扩散大面积的白斑。

但由于父亲的陪伴，在西安住院的日子，我过得很开心。

父亲擅长与人打交道，迅速和很多病友成为朋友。他用小本子记下病友家中的座机号码，方便以后交流病情信息。他还向同病房的家属学到一门技艺——用废弃输液管编织鸟、小狗等小动物，将这作为我每一次坚强治疗的奖赏。每天我都格外期待输液快点结束，就可以收获本次治疗的战利品了。

一个月后，我出院回到家中。父亲办理了停薪留职，妈妈全职在家，齐心带我四处求医。

那时，我得病的消息在镇上不胫而走。人们不知道什么是"罕见病""硬皮病"，还以为我得了和白血病、癌症类似的疑难杂症。

回学校不久，我被一个胖女生踩了一脚，硬皮病肌肤没有弹性，脚趾上有了伤口。住院一个月后，我返回学校。老师和同学们十分惊讶。他们以为我去看病，就"回不来"了，我的课桌和板凳已经被老师搬到储物室。

储物室没有窗户，光线很暗，在杂物中寻到我的桌椅时，桌面上铺着厚厚的一层灰。

三

复课后，我时常请假奔走在各大医院，但病情依旧在发展。我的身体日渐消瘦，手指渐渐不能完全伸直、握拳，无法抓握、捡起细小的东西。写作业时，握笔时间太长，手指手腕关节会僵硬疼痛。

最难挨的是四肢溃疡，手指尖、手关节、肘关节都有创口，疼痛难忍，基本上不能用手做任何事。蓄着长发的我需要母亲帮忙扎头发、穿衣服。

我脸上长出粉红色斑点，嘴唇日渐变薄，鼻子变尖。皮肤僵硬，面部很难做出表情。我讨厌看到自己的脸，也排斥照相和照镜子。看到有人举起相机或者手机，我会下意识地躲避镜头。

母亲变得异常迷信。她曾是幼儿园老师，在那个年代拥有不错的文凭，后来也开始带我去算命。算命师说在我21岁那年，硬皮病会彻底痊愈。这句话成了我21岁之前的精神支柱。

每周五，我都要和母亲搭乘公交车去"神婆"那里就医，车程来回6小时。神婆用给亡者上坟时焚烧的纸钱，浸湿在油状的液体里，贴满我的全身。沾满油脂的纸钱贴满面部，让我有窒息感。母亲在我身边一边抹眼泪，一边劝我："乖女儿，再坚持一下，妈妈一定给你治好。"

后来我才知道，贴一次"神符"要支付500元的费用。当时，家里为给我治病，已经负债累累。

父母的朋友开始劝他们放弃我，"趁年轻，你们再生一个娃娃吧。"但他们拒绝了："小媛是我们勒娃娃，我们会对她负责到底，永远不可能抛弃她。"如果有人说我可怜，父母会严厉地反驳："她就是一个正常勒娃娃啊，有啥子可怜勒！"他告诉我："你永远是老汉儿最骄傲最优秀的女娃儿。"

父亲带我参与饭局，在席间鼓励我，让我以茶代酒向长辈们问安。他想告诉我，我和健康的孩子是一样的。

家乡的亲戚朋友们逐渐消除了对我的偏见，生活似乎恢复了正常。虽然时常看病缺课，我的成绩仍长期在年级名列前茅。

直到到县城读高中，小镇的保护伞渐渐挪出我的生活。一次，我阻止班上的混混欺负农村的同学时，他们对同样来自农村的我开始了长达三年的霸凌。

高一开学后，我曾经受伤的大脚趾被椅子压到，再一次受伤，连走路都很吃力。母亲在学校附近租房陪读，她每天把我背到五楼教室。她一离开，同学们侮辱和嘲讽的声音就会接踵而至。

我不知如何面对，最终选择隐瞒父母——我实在不忍心看到母亲再哭。我向老师写信寻求帮助，老师承诺会了解情况，可是他并未处理。

霸凌变本加厉。我觉得不公平：为什么伸张正义的我，得到的结果却是被欺凌？ 命运的不公已经够多，我反复追问自己："为什么生病的是我？"

没有答案。

我渴望自己快点满21岁，彻底痊愈后，就能对抗这些攻击。我的成绩开始下滑，上课时，我会盯着教室门上方的一小块窗户看，渴望窗外路过的老师冲进教室为我打抱不平，却始终没有人为我挺身而出。也是那时，我确立了自己的职业理想：成为一名充满正义感的老师。

四

2010年，我考上成都的一所大学，被调配到专科商务英语专业。

大学是真正意义上的第一次独自离家。我对新生活充满期待，同时又小心翼翼地隐藏着病情。有时喝中药或请假去医院看病，不知情的室友们关心我："还没好呀？"她们没有因为我脸上的红点而远离我，看我做事时动作艰难，会自然地接过我手里的活儿。大一时，宿舍楼没有洗衣机，我手关节变形，碰冷水手指会变紫，不方便洗大物件，她们主动帮我洗衣。

环境友善，我调整好心态，定期复查，按时服药，病情也控制住了。不断的幸运，让我一度以为算命先生的预言就要实现。

2013年，我从年级的130多人中突围，成为5个通过专升本考试的考生之一。升入本科后我立下心愿，准备毕业后做一名老师。

但体检时，那位院长的一番话击碎了我对未来的想象。在此之前，我一直觉得自己是个正常人。他提醒我去办残疾证，我很难接受，原来，在一些人眼里，自己被视作弱势的残疾人群体。

毕业后的第二年，我被检查出肺部纤维化。硬皮病病情严重后，会影响内脏，肺部纤维化是最直接的表现。这意味着，十多年的积极治疗落了空，病情将会再一次恶化。

那一阵，我住在家里，全身关节都痛，连穿衣走路都需要家人来协助完成。

26岁了，却依旧是父母的累赘，我萌生出轻生的念头。

我开始向朋友们交代后事，第一次坦白自己患上硬皮病的事实。虽然害怕镜头，但我希望有人能记录自己的葬礼。希望葬礼可以像《滚蛋吧！肿瘤君》的剧情一样，在轻松的氛围下回顾我的一生。

几乎要彻底放弃自己时，我在硬皮病病友群，看到"罕见病发展中心"线下交流活动的邀请，报名截止日期已过，我找到主办方，恳求能参加这次活动。他们答应了。应主办方要求，与会的人需要分享自己的经历，我提前制作了介绍硬皮病的PPT。

此前，我很少接触到患上罕见病的人。第一次，我见到因为多次骨折、身体收缩了一半的"瓷娃娃"，一位患有"肢带型进行性肌营养不良2E"的患者坐在轮椅上，只有眼睛、嘴巴和右手的大拇指能动。病友们外貌的改变，以及生活和就业中遇到的歧视，让我感受到前所未有的冲击。

轮到我分享，害怕镜头、害怕被关注的恐惧感向我袭来，我担心自己会搞砸。

但站在演讲台中心位置时，看到台下病友们鼓励的眼神，我哭了，眼泪滚烫，从脸上划过。我忽然接纳了自己——或许硬皮病一辈子不会治愈，我要和它相伴终生，但我不再害怕。

会后回成都当晚，习惯用打字方式和我联系的父亲，像有心灵感应一般，给我打了一个电话。起初我不敢接，那时咳嗽加剧，我怕父亲察觉到异常。

我刚张口叫了一声"爸爸"，眼泪又滚了出来。一向温和的父亲严肃地呵斥我："现在，立马，回家！老汉儿陪你切治。我们从来都没有放弃你，你自己也不准放弃。你不回来，我就和你妈妈连夜去成都看你。"

父亲提出让我去上海的一家医院试试，他表示很多病友反馈不错。我问父亲是从哪里获取这些信息。

父亲害羞起来。他告诉我，他一直"潜伏"在病友群里，默默记下对我的病情有帮助的信息，通过我和病友的聊天内容了解我的动向。对于这一切，我此前一无所知。我意识到，自己是多么任性啊。

舍不得父母辛苦，我拒绝他们陪同的要求，独自踏上去上海治疗的道路。我准备好独立面对病魔了。

我一瘸一拐地推着行李箱住进医院。会议之后，大会组织者问有没有人想做这种公益组织，可以保持沟通。一个念头在我的脑海里冒泡：我想替硬皮病患者发声。

五

我告诉父亲，我想用一年时间，提高人们对硬皮病的认知，不让别人再经历我经历过的痛楚。比如大学时期，我手部变形，其实，如果平时注意不要沾冷水、多做手部按摩等，这可以提前预防。一年之后，再回去上班。

父亲同意了，他一向很支持我，也想让我在家好好休养。

一腔热情的我，直到面临人手、场地、经费等现实问题，才意识自己想得太简单。我一边做治疗，一边咨询自己的主治医生杨医师，参考其他的罕见病组织模式，整理资料，请一位在大学学设计的病友设计宣传页。我们在医院免疫科的候诊室，看到患上硬皮病的病友，就拿着宣传页主动攀谈，邀请他们参与进来；资金短缺，我找父亲借了 5000 元垫付了场地费。

病友会在重重困难中推进。2017 年 3 月，第一届全国硬皮病大会在上海举办。现场一位大姐，身边有好几位家属陪伴，他们从福建过来。大姐是 80 位病友里唯一一位坐着轮椅来的人。她从确诊到生活完全不能自理，只有两三年，那时家里已经有了一个 10 多岁的孩子，丈夫对她语言羞辱，甚至暴力对待。而她的父母一直不愿放弃独生女儿，陪她治病，照顾她。

她母亲在台下抱住我哭了，说要不是这次来，他们真的不知道该去哪里做最后一搏。一位医生看到她的情况，和医院协商后，安排她进入上海一家医院治疗。住院期间，她母亲在群里跟我分享，治疗效果很好，女儿正在恢复中，甚至能从轮椅上站起来。

幸运并未延续下去。她出院后不久便去世了，她母亲在群里告知我们后便退了群。那之后，逢年过节我们还会彼此问候，但我一直不敢开口询问她女儿去世的原因。

会议结束后，一位病友开始在群里攻击我，说我贪了组织的钱。当时，我们拍了一个小短片，病友不愿出镜，只有我一个人出镜，他又说我拍了是想自己出名。

我在微信朋友圈里分享了和一个朋友聚餐的动态。有病友截图发到病友群里，"小媛过的日子好着哪，吃好喝好，哪里有空想我们的难处。"我觉得委屈，我花自己的钱吃饭，也要受到指责。

面对种种非议，我强烈地想要放弃。父亲鼓励我："只要你认为自己做得对，就要坚持下去。"

我正面回应了一些质疑，开始全身心地投入公益组织。我希望我们能被当作正常人对待，也希望病友们都能敬畏生命，即便生病，我们也能体面、有尊严地活着。

我不再惧怕拍照，甚至可以面对镜头向大家科普硬皮病。硬皮病患者面部僵硬，这就是我之前深深厌恶的"面具脸"（医学名称）。但我渐渐转变观念，面具的一面，是拿起，我对公众科普硬皮病的严重性，引发更多的关注，消灭歧视；面具的另一面，是放下，我和病友们坐在一起，告诉他们，硬皮病没有什么大不了的，我们赶不走它，却可以想办法和它共处。

六

之后，我接触到更多的病友。一位28岁左右的女孩找到我，说她确诊硬皮病之后，公婆逼着丈夫跟她离婚。说家族中出了这样的病人，会影响家族声誉和后代的健康。她的丈夫是教授，公婆都是高知分子，她自己是公务员。此前，她和丈夫刚结婚不久，还准备孕育孩子。

我为这样的偏见而难过：硬皮病通过治疗，控制得好，不会影响人的生活甚至外貌。我们只是生病了，为什么因此否定我们整个人？她没有犯法，没有伤害别人，为什么要安上给家族带来污点的罪名？

靓靓是给我最多力量的病友。初识时，她已经是"高重危"患者，24小时躺在床上，已经彻底丧失生活自理能力，人却一直乐观。靓靓爱美，脸部皮肤浮肿僵硬，她想发自拍，翻出生病前好看的照片自嘲为"一年一度的炒冷饭环节"。治病副作用导致脱发严重，靓靓请父亲为自己剪了一个寸头，她笑称父亲是"Tony老师"，还觉得自己的短发酷毙了。朋友为她算命，说她是"童子命"，她洒脱地说算得很准，因为童子命是英年早逝的意思。

我们聊得投机。靓靓从未对我说过"加油"，她说自己不信"早日恢复健康"，也不怨天尤人，只是不满意痛苦的时间太漫长。

靓靓的微博永远停留在 2017 年 10 月 9 日。

那天，朋友用她的微博发了一条讣告：靓靓永远地离开了我们，愿天堂里没有病魔。

看到这条微博的时候，我正在翻看着国外硬皮病网站，获取新的资讯。我冷静地思索完周五公众号应该发布什么内容，回复新确诊的病友，不要害怕，一切都会好起来的。

忙完一切后，我躲在卫生间哭了一场。今后，我会小心翼翼地守护着靓靓的乐观，带着她一起攻克每一场战役。毕竟活着，就是老天给我的最好礼物。

我对父亲食言了，三年来，我没有回归之前的工作，一直在为"硬皮病关爱之家"努力。虽然医学在短时间没办法有更大的突破，但我相信，一直坚持下去一定会改变些什么。我希望"硬皮病关爱之家"尽快依法完成组织注册，取得一个名正言顺的身份。

生病后，除了工作和会议之外，我很少化妆。但人都有爱美之心，我就在眉毛上下功夫。不管生病期间脸色多憔悴，我相信一条完整美丽的眉毛会让人看起来有生气。但由于遗传，我的眉毛淡得几乎看不出，常被人笑话没有眉毛。我手拙，画的眉毛很粗厚、搞笑。

去年春天，妹妹陪着我文了一条半永久的眉毛。我忍住细微的痛感，结束后，我仔细打量镜中那条细细的精致的眉毛，镜子里的姑娘看起来和任何一个普通的美丽女孩没什么不同。

★本文为当事人口述，文中人物姓名为化名

文 / 张小冉

无声王国

在命运交响曲中，聋哑人群有如久久震颤又无琴弓拂过的琴弦，
有灵且美，静默如谜。

一

6 岁那年，作为适龄儿童准备入学的那一年，我和妈妈坐大
巴从老家回城里，遭遇车祸。

第二天，我在妈妈怀里醒来，面前是已经变成一堆废铁的
大巴，和一片血肉模糊的人。

我只是脑袋撞上车窗玻璃，看起来"毫发无损"，但是妈妈
跟我讲话，我听不到。大家以为我只是脑震荡。

听力恢复后，我却发现自己好像说不了话了。经过核磁共
振拍片等体检，所有报告证明：脑袋里凝结的血块压迫了我的语
言神经。

医生告诉妈妈："这孩子以后可能讲不了话了，听力无损已
是万幸。"

恐惧爬满了我的全身。那时候家里条件不好，没有电视机。
我想法儿攒到 5 毛钱，就能去家附近的录像厅看电影。录像厅播
放的，都是老板自己刻录的盗版碟。记忆最深刻的，就是中文字
幕的《阿甘正传》。

妈妈很早就教我识字，我记忆力好，再长的外国人名也能记下来，看电影看到好玩处，就跟楼里的小朋友讲。因为语言天赋高，能言善辩，大人们夸我是"天才"，我也很受其他小朋友追捧。

而车祸后，我竟然失语了。为了发声，我用力抓着床单，扯着嗓子，头都抻了起来，整个人在病床上一直抖动。我能感觉到脖子上青筋暴起，眼泪涨得眼眶生疼。几个护士姐姐摁着我，医生安慰我"没事"，让我冷静。

我在医院整日躺着，盯着天花板发呆。妈妈每天强忍住眼泪，变着法子哄我："雪，你看看妈妈，妈妈给你带了你最爱吃的糖炒栗子。"

最后，她只得找录像厅老板借来 DVD 机和光碟，连上病房的电视。那之前，她常常因为这跟老板吵架。

我不但丧失了说话的能力，也丧失了睡觉的能力。白天看电影，夜里就盯着走廊的廊灯发呆。

要上学了，却没有正常小学愿意录取我。我到哪里都通不过人家的各种"测试"。我能完成写字测试，却总在发声和跟读那一关，一个字也说不出来。

我灰头土脸地跟妈妈回家，她替我找了好几家学校，最后一次，她从教务处出来，裤子膝盖处有灰尘。我盯着那块灰，告诉她我不想上学了。

父母觉得我总归要"上学"的，留我一个人在家，他们更怕我做出什么事儿来。于是，他们商量着把我送到聋哑学校。

陆珏和我同一天到校，这个漂亮的男孩马上吸引了我的注意力：他的眼睫毛竟然比我的还长？

和其他孩子不一样，陆珏的眼睛直盯着地面，嘴巴微张，紧攥着他妈妈的手，寸步不离，看起来有些不安。

教导主任正在和他妈妈说话："不是我不收下他，这儿的学生听不见、讲不了话，跟您孩子的自闭症不一样。"

很多年后，我才明白主任口中的"自闭症"意味着什么。在当时的年代，我的"失语症"、陆珏的"自闭症"，被大多数人归为"精神病"。

当时的我以为陆珏和我一样，只是说不了话，便一直盯着他。他的衣服没有一丝褶皱，书包是我特别想要但爸妈不给买的牌子。书包一侧口袋插着画笔，笔的毛刷已经被浸染了太多颜色，笔杆却十分洁净。

他衣着整齐，脚下的白球鞋却有磨损的脏旧痕迹。后来我知道，那是因为他走路姿势不对，鞋子磨损得比较快。

教导主任起初拒绝我们两个孩子入学，但经不住两家家长的软磨硬泡，还有陆珏妈妈给学校捐的几十套绘画材料加持，才终于答应。

二

我所在的聋哑学校有两栋教学楼，一个大大的操场，只不过那年的操场铺的还是煤渣，不是塑胶跑道。

要不是门口赫然写着"聋哑学校"，它看起来和正常学校没什么分别。但就是"聋哑学校"这四个字，像一根刺一样扎在我心里，将我从"正常人"世界里硬生生拉出来。

陆珏比我大一岁，我们被分配到同一个班级。老师很是和蔼可亲，用手语向同学介绍我们，好几个学生边看老师的手语，边扭头看我们俩。

这种感觉很不好，我觉得自己像是被展示在动物园里的动物。

陆珏比那天在教导处的时候还要紧张，依旧低着头，嘴唇微张，眉头紧皱，不停地搓着手。窗外，两位妈妈站在一起，一脸焦虑。

我们一左一右，站在老师两边。老师本想用手语和我交流，突然意识到我没学过手语，也听得见，就轻声细语地指引我去坐一个靠窗的位置。她转身面对陆珏，"你跟着她，你们俩坐一起。"

我走下讲台，向窗边走去。可陆珏并没有跟上来。

老师安抚他不要害怕，"刚来都会有个适应的过程。你跟那个女孩一起，有什么问题就找老师。"

陆珏站在原地无动于衷。他突然浑身颤抖，一直搓着的手握成拳状，眼神游离晃动，张着的嘴大口吸气，好像快要窒息了。

老师牵住他的手，想要领他过去。陆珏猛地挣开，"啊啊啊"不停地喊叫起来。他蹲下身子，整个人蜷缩着，不住地摇头晃脑。动作间，还把老师抓伤了。

陆珏的妈妈忙冲进教室，用双手捂住陆珏的耳朵，轻拍他的后背，抱着他对他说："没事的，没事的……"

在场的我们震惊又无措。我一直站在过道，连窗户边都没摸着。

安静的陆珏突然爆发，让我隐隐意识到：他与我，与这群聋哑孩子，有更大的不同。

慢慢地，我适应了聋哑学校的一切。

聋哑学校有手语课、文化课、绘画课，还有体操舞蹈课。教室门窗上方有一盏长方形的灯，绿灯亮起代表下课，黄灯亮起代表上课。

由于深受录像厅老板的"熏陶"，我最喜欢放映活动和声乐课。放映活动很简单，大家一起看动画片和儿童电影，老师在一旁用手语解读，屏幕上有字幕。

声乐课最"不可思议"。部分孩子戴上助听器，围在钢琴周围，戴助听器的一侧耳朵贴在共鸣盘的箱体外，老师开始演奏。

当悠扬的琴声响起，我突然觉得，自己来的地方似乎没那么糟糕。

一周后，陆珏又背着他的小书包出现了。阿姨和班主任老师聊了聊，交代了什么，一步三回头地离开。

陆珏对周围的一切熟视无睹，从书包里掏出一副夹着画纸的画板、一盒彩色画笔。整只手握在画笔的尾部，直挺挺地立着笔，在画板上涂鸦。

或许隐约知道我俩和学校其他聋哑孩子的不同，我很想了解这个"同类"。

除了他叫陆珏，可能喜欢画画，我对他一无所知。手语课，老师让同桌互相对练，鉴于陆珏上次的发作，我小心翼翼地对他

"打招呼"，还做了自我介绍。

然而我的期待还是落空了。陆珏对我这个新同桌毫无兴趣，从不正眼看我。在聋哑学校的日子，他总是低着头，很少抬眼看人。

我总是偷偷观察他在干什么，心想，跟这个呆瓜沟通不用学手语，得学外星语才行。观察陆珏，变成我沉闷生活里的乐趣。

被陆珏多次"无视"后，我决定冒险刺激一下他，看看他有什么反应。

三

进入聋哑学校两月有余，已是深秋时节。

我对妈妈说学校要学习新体操，活动身体以防寒，需要在课堂上放广播。妈妈答应我，支援我一台巨大的磁带收音机，那是她嫁妆"四大件"中的其中一件。

早课之后，我抬出这件秘密武器，把音乐音量放到最大。一向清静的教室被"聒噪"打破，弥漫起电吉他和架子鼓的声音。

我抓起了一个同学的手放到喇叭位置，那里可以清晰地感受到声音的震动。我自己就很喜欢这样把手放在喇叭箱的位置，好像吉他的电流从我手指缝通过。

全班同学不明所以地望着我。被我抓手的小男生立马挣脱我的手，还向老师举报了我。

陆珏那天迟到了。他和妈妈一脸惊恐地站在门口。陆珏妈妈忙用手捂住儿子的耳朵。陆珏一时没反应过来，但还是吓了一跳，平时微张的嘴张得老大，像一只鼓起嘴的蛤蟆。阿姨忙把陆珏拖走。

我扑哧一下笑出来。

我成了老师的重点观察对象。"你以为其他同学跟你一样能听见吗？"老师震怒，"再说你放的那是什么玩意儿？"

我放的是 Metallica（重金属乐队）的《Enter Sandman》，磁带也是妈妈找录像厅老板借的。他骗我说，美国孩子听这歌催眠，以前我晚上睡不着的时候常听。

"值日一周，不对，两周！"老师盛怒不减。我学着电影里的人，打了个"OK"的手势，假装悻悻而去。

不久后发生的事，让我进一步了解我和陆珏在聋哑学校的尴尬位置。

学校定期会有志愿者服务的活动，当地电视台的叔叔阿姨也会过来跟拍。

"这帮孩子真是可惜了啊。""一个个看着挺正常的。"摄像机红灯没亮前，我听到了这样的对话。

旁边的大哥哥叫我，我假装没反应。他们又说："都忘记他们听不到了。"

我心里暗想：不好意思，你跟前的这个是这里唯一能听到的。又想到陆珏，对了，还有一个，但听到也跟没听到一样。

那时候，我敏感的自尊心，厌烦别人对自己的特别对待。

班主任怕陆珏在活动中失态，本想把他拉走，不过摄像机已开，一切准备就绪，也就算了。

随着时间的推移，大部分同学和志愿者已经"打成一片"。我的眼神一直游离在陆珏身上。他今天似乎表现不错，一直很安静。

和陆珏互动的志愿者，并未意识到陆珏的"不同"，她依旧用手语和陆珏打招呼，试图和他一起画画。她刚拿起陆珏画笔盒里的画笔，就被陆珏一把抽回，小心放回画笔盒。

志愿者有些尴尬，但没有放弃，因为她也知道我们这群小孩比较"敏感"。可能是想拉近两人关系，她用双臂亲密地将陆珏牢牢环在怀里。

一向安静的陆珏，猛地跳起来撞倒志愿者，平时不离身的画笔也摔到地上。他浑身发抖，大喊大叫，眼神飘忽不定。

而后，他奔到隔壁画室，把自己隔在画板立架之中，双臂锁住自己的身体。旁边柜子上的颜料漆被震落，溅在他身上。陆珏开始舔自己手上的颜料，像是尝到什么好吃的味道，他慢慢安静下来。

所有人都被吓了一跳。"好恶心。"志愿者女孩皱紧眉头，找来老师。

"这样的孩子有什么心理问题吧，聋哑的孩子也没见过这样的……"大家吵起来了，陆珏被盖棺定论为"精神病患者"。

老师过来驱散人群，陆珏妈妈也赶来学校，她脸上堆着笑意，小心地向在场的每个人道歉，甚至包括等着看热闹的旁观者。

为了让他平静下来，一向温柔的阿姨粗暴地从画板之间揪出陆珏。陆珏在妈妈怀抱中浑身颤抖，五官扭曲起来，眼神惊惶。他挣扎着想要冲出妈妈的怀抱。

"不要怪妈妈狠毒啊。"陆珏妈妈哭了。她轻抚着他的后脑勺，为他整理衣衫。陆珏抽搐的身体慢慢停下来，呼吸也渐渐平稳。他又变回了那个安静男孩儿。

在陆珏妈妈的再三请求下，学校终于准许陆珏继续留在学校，不过不再寄宿，而是一周内定期回家休养。我妈也动摇过，不确定家里全封闭的环境是不是对我更好，可妈妈们终究还是无法放弃对我们"社会化"的期望。

失语后，曾经对我赞赏有加的大人，不止一次当着我的面说出那三个字——"精神病"。

想到这些，我夜里再一次失眠，爬到学校楼顶天台，却在那里意外发现了陆珏。他抬着头，仰望着茫茫夜空。

这是我第一次近距离认真观察平静的他，他依旧没有理会我。

我决定了，我要做陆珏的朋友。

四

当众发作过后不久，陆珏平静的生活再一次被打破。

绘画课下课，几个同学把陆珏围起来，在他的白纸上胡乱作画，还把他画好的画涂花了。

班上语言能力最好的男孩，他还戴着助听器，拿起油笔把陆珏画成了大脸猫。陆珏眼神惊恐，他想要抢回来自己的画册，却被其他人固定在了椅子上。

有人拿起涮笔的笔筒，里面是用过的废弃颜料水。我知道他们要做什么，可我犹豫着，不想与全班同学为敌。

男孩坏笑着接过笔筒："看看你的白衣服能有多好看。"陆珏拼命挣扎，开始大声哭泣。

一股愤怒突然涌进我心里，那时候我已经意识到，聋哑学校的所有小孩，包括我和陆珏，都是有"残缺"的。我以为在这儿，他们不会像正常小孩那样欺负比自己弱的人。没想到，一切如旧。

恶霸男孩扬起笔筒泼向陆珏的瞬间，我冲上去挡在了陆珏前面。我身上溅到了颜料，但我并不在意，迅速抢过来剩下半桶水的笔筒，"回敬"给小恶霸。

而后，我整理了一下衣衫，弯腰去捡陆珏散落在地上的画，我帮他将好卷了的边角，重新叠好。陆珏却跪在地上，用衣服袖口费力地擦拭这脏污了的地面。

"停下来。"我冲他打手语。可是他依旧不停地擦着地。

我一把将他拎起来，甩在一边。我想骂他没出息，陆珏一直站在一旁，不停揉搓着衣角，身体抽动着，低头啜泣。

我只好抄起桌子上的抹布，抹去他脸上的油彩和鼻涕，再拿墩布用力地清理现场痕迹。我不想让老师再抓住自己和陆珏的什么把柄。

可我还是被举报了，被罚站在教导处门口，远远看见陆珏怯怯地站在对面。他抬头瞄了我一眼。

印象中，这好像是他第一次"正眼"看我，尽管很快又低下了头。

在聋哑学校，我成了最"乖张"，也最"优秀"的学生。但我从来没有为这份"优秀"骄傲过，因为我知道，我只是比别人多了一项功能罢了。

我可以和同学用手语交流，可无法跟他们分享我看到、听到的一切。我坐在窗边，对着外面的世界发呆。

旁边街道人的熙攘声、车辆的轰鸣声、飞鸟的碎语声、风的呼啸声，这些我本来不以为意的声音，在聋哑学校里，都被放大，成了弥足珍贵的存在，也成了我孤独的源头。

渐渐地，我觉得声乐老师弹的曲子很幼稚，放映室里放的动画片和电影越来越无聊，绘画课上也只能欣赏陆珏的"抽象主义"。

我甚至不需要用视线追逐老师的手语演示，只要专注解读她的唇语，我就能明白她在讲什么。有时我希望老师能跟我说说话，索性惹是生非，宁愿被老师批评。

周末，终于可以回家和发小们"欢度时光"。可是我发现他们似乎已经忘了我的存在。我没法像以前一样给他们讲电影故事，更没法参与到他们的任何游戏里。

我不甘心，把他们都找出来聚齐，拼命想要发声说点什么，然而我却面部抽搐，嘴巴痉挛。

他们的确像以前一样围在我周围，只不过这次，他们模仿我说话时脸部抽搐的样子，叫我"小怪物"，像往常一样，冲我扔了小石子。照我以前的脾气，我肯定抢起袖子把他们胖揍一顿。那天我没有，我静静站在原地，任由石子落在身上。

我回到聋哑学校，心境却不复从前。老师发现，我终于"学乖"，不再惹是生非，甚至对陆珏也没有任何"怨言"。

我暗下决心，要在这儿静心练习发声。我想推翻医生对我的"宣判"，我也想让那些嘲笑我的人看到，我从前比他们优秀，以后也会这样。

我给自己制定了"张嘴说话"的计划，每天课间或者中午，找一个没人的地方，至少累积练习说话一小时。自从我"学乖"之后，我便成了班长，掌握着教室、画室、练功房和放映室的钥匙。

午休时分，我选择在最偏僻的画室进行：我会先做一个深呼吸，随后疯狂撬开自己的嘴，抠着喉咙，扯着嗓子吐气发声。

有时候，我能感到胃液的倒流和气管的灼烧，我会吐掉之前吃的所有东西。像跑完马拉松一样大口喘着粗气。每次"发声练习"结束，我瘫坐在地上，头发浸满汗珠，一个人静静发呆。这些扭曲与挣扎，很少能换来满意的结果。我不甘心，自残似的捶着地板，直到手背被砸得通红，崩溃地哭了出来。

哭完，我站起弯腰扶着墙，看见旁边有一个小小的身影，和那个熟悉的小书包。

陆珏就躲在一堆画板里，抽动着他的身体，不知道是不是被我吓的。我不希望别人看到自己这副样子，可一想到陆珏从来都只活在自己的世界，不关注别人，我也就不再理会。

我没想到，后来无数个疯狂练习的中午，都是陆珏陪着我，我也真的学会了"说话"。

五

平时练习完，我会用扫帚和簸箕清理满地狼藉。那天，我却受不了失败的打击，不管不顾地冲到操场。

中午，烈日当头。我衣服上都是秽物的残渣，丸子头也披散下来。我在跑道上边跑边流泪，鼻涕四溅，直到呼吸急促到不能自已。

奔跑过程中，我看见陆珏一个人乖乖坐在看台上，背着小书包，怀里还有他最珍贵的画板。

不知道他是什么时候跟上我的。我又羞又恼，不想被别人看到自己现在脏兮兮的狼狈样子。

跑到筋疲力尽，我栽倒在地，闭着眼睛横躺在跑道上。身体呈"大"字，任由滚烫的地面贴合着身体。

休息了一会儿，我开始在烈日下沿着跑道走路。陆珏也从看台走下来，踮着脚尖，步履踉跄地跟在我身后。

我们之间始终保持着十几米的距离，一前一后，在赤日炎炎下走了一个多小时。

因为跟着我，他也错过了午饭时间，我心里过意不去，掏出一块钱去小卖部给他买了一包麦丽素。这是我帮邻居倒垃圾赚的小费，也是我去录像厅看电影的经费。

看报的大爷扶了下眼镜，瞅我一眼。那不是他第一次看见我这副德行。

我向陆珏走去，仔细打量着他磨损的鞋子边缘。因为奇特的走路和运动方式，陆珏的鞋子总是磨破。

我把麦丽素塞到他手里，转身去上课。心里想：他又要磨破一双鞋子了吧。

母亲给我买了儿童读物《小王子》，我几乎爱不释手，这成为我练习说话的主要教材。

第二天大课间隙，我去手语教室继续练习，里面只有陆珏一个人。

我直接坐到他对面。"我得面对你，你也得面对我。"我这样想。

"我的花生命是短暂的，她只有四根刺可以保护自己，抵御世界，我却将她独自留在我的星球上了！"

我发声只能用微弱的气声，常常梗着脖子，神情扭曲，但自我感觉良好，觉得自己已经迈出了万里之行的第一步，胜利就在前方。

我直勾勾地盯着陆珏，而他直勾勾地盯着画板，默不作声地摆弄着手里的画笔，在纸上划拉着。这让我放心，陆珏不会在意我此刻丑陋的样子。

陆珏是我的第一个听众，我每日为他"朗读"《小王子》。他爱画画，不过那时候，他的画线条粗犷，调色也天马行空，除了我总是夸赞他，其他人都对此不屑一顾。

我们两个不被世俗接受的小孩，慢慢地接受了彼此。

枯燥的"张嘴大业"之外，我还是靠电影来释放压力。每次放映活动我都会提前帮老师摆放仪器，整理光碟。私下时，我便利用自己的特权，一个人，或拉着陆珏去放映室看电影。

我抱着一种天真的决心，想帮助陆珏慢慢习惯人声人语，帮助他能理解人的情绪，能和人做基本的交流。

我也曾和所有人一样，怀疑陆珏是不是智力有问题，怀疑他能不能理解那些更复杂的情绪。后来，我放下怀疑，不再把正常人世界里的"理所应当"强加在他身上。

第一次给陆珏放的电影，是《天堂电影院》。我已经在录像厅看过了。电影放映中，我的注意力完全在陆珏身上。

电影放到关键情节，我直接冲上讲台，根据自己的理解，亲身示范人物的各种表情，解释其中的含义。好好的电影放送，变成了我不怎么准确的"PPT 教学"。

陆珏被滑稽的我搞得一头雾水。他一脸茫然，嘴里发着"呃呃呃"的混沌声，脑袋在我和屏幕之间来回切换，不知道是该看我，还是看屏幕。

在这个过程中，我慢慢明白，陆珏一次只能有一个关注点，不像普通人能够做到"一心两用、三心二意"。把握住他的特点后，我便开始"自言自语"，坐在他旁边，像同声传译一样，继续解读电影。

我不再强求，想着他能接收到多少信息就接收多少。

看电影的过程中，我一边"说话"，一边扭头，突然，陆珏跟我对视了。

我突然有点不好意思。或许，他已经在关注我传达的信息了？

在此之前，我们相处的时候，他总是低着头。我心里暗暗开心，或许陆珏终于对我敞开了心门。

六

陆珏 12 岁生日前夕，我受《天堂电影院》的启发，想给陆珏一份"绝无仅有"的礼物 —— 一份笑脸合集。

录像厅老板被我软磨硬泡，收下5毛钱，才肯帮我把50多部电影中经典的主人公微笑的画面剪辑到一起。

《美国往事》《美丽人生》《肖申克的救赎》《阿甘正传》《死亡诗社》《海上钢琴师》《小鞋子》《天使爱美丽》《千与千寻》……还有《天堂电影院》。

大功告成时，我抛开所有的忌讳，甚至忘记喧闹的人群可能会让陆珏"发作"，拉着他奔向录像厅。进入明亮的大放映厅，我把他结结实实地摁在木制排椅上，向老板示意一下，我的"大片"开始缓缓浮现在幕布上。

30分钟里，我们一起欣赏了别人的劫后余生、坦然赴死、奔向自由、梦想成功、有情人终成眷属的美丽画面，又或是他们享受地品尝一块甜点，在温和的海风中嬉戏时候的温柔神情……

陆珏看得很专注，微张着嘴，眼睛好像在放光。他咧了咧嘴角。

我第一次在他脸上，看到最接近"笑容"的表情。

一个月后，陆珏把一本人物像画册递给我。他依旧低着头，不说话。

我们时常在一起画画。这本是我以前从没见到的画册，画中每个人物的表情都有微妙不同：欣喜若狂或娇羞窃喜，号啕大哭或只是眼眶湿润。

我一页一页翻阅着这本画册，手时不时跟着他的画笔画出不同的线条，泪珠滚滚地流下，浸染了他的画，我感到抱歉，可是我停不下来。

这些画作告诉我，他理解了那天我的"自言自语"。

对于说不出话的我，有什么比对方理解了我的发声更为珍贵？

在聋哑学校的最后一年，我开始琢磨要去正常学校的事情。

陆珏妈和我妈一起去咨询了几个初中学校，有学校表示可以考虑我，但陆珏始终无人肯接收。两位母亲一直保持着紧密联系，我们也经常去彼此家里串门。

陆珏妈妈大学毕业，后来又去了国外留学。陆珏生病之前，她和陆珏爸爸一起经营几家公司，自己担任公司的室内设计师。陆珏生病后，她放弃了事业，专心做起全职妈妈，把全部精力放在陆珏身上，可效果并不好。医生说，过度的关注可能会起反作用，让孩子倍感压力。

阿姨就又投身工作，但始终不会太忙。她悉心照顾着陆珏的衣食起居，陆珏在学校出了事，她总是第一时间赶过来。

印象中，为了和他的视线保持平视，阿姨总是半跪着跟陆珏说话，试图让他理解要和别人用眼神交流。她还总是从背后抱着陆珏，手把手地教他画画。那时候除了她和我，没有人肯定陆珏的画。

尽管她在陆珏面前从来都是轻声细语，面带微笑，可好几次，我都看到阿姨在我面前崩溃大哭。

被初中学校拒收的同时，陆珏在学校又一次受到欺负。又看到阿姨落泪，我走过去安慰她："阿姨，陆珏才不是别人口中的精神病。他在画画上很有天赋，坚持下去，肯定比普通人优秀得多。"

我是在安慰和鼓励阿姨，也是安慰和鼓励自己。

那时候，我的发声练习也有了进步。七年来，我呕吐了无数次，舌头无数次被咬出血，老天终于有了回应 —— 我勉强可以开口讲话了。

我很开心，但是回家后，发现同龄人都在准备小升初考试，想到与他们日渐拉大的差距，我内心感到焦虑与恐惧。

在聋哑学校我感受到了小确幸，可我知道，这弥补不了我的"大不幸"。和陆珏的友谊，不足以抗衡我多年"苦心经营"的逃离。

我知道，是时候离开了。有意或者无意，我疏远了陆珏。

我日夜不休地练习自我介绍，开始准备人生第一个正常学校的教务主任的审查。结果，教务主任拿着体检表，一项项跟我妈妈解释，这个孩子这点不达标，那点也不达标。

我像一具行尸走肉，跟着妈妈辗转几个学校去面试。最后，是妈妈红着眼眶从一家重点学校的教务处出来。六年后，她的膝盖上又一次粘上灰尘。

妈妈对我说："以后在这儿好好学习，好好表现。"我终于被一所"正常"学校录取了。

我开始收拾东西，办理转校手续，还特意避开陆珏。回到家后，我有了自己人生里第一个真正意义上的暑假。

我不再强迫自己每天练发声，我在家睡了一个月，睡醒就吃东西，去录像厅看电影，然后接着睡。没人打扰我，我自己也非常享受这最后的清静时光。

七

　　暑假里，我常常会想起陆珏，他只有我一个玩伴。我心里似乎也清楚，我的疏远会对他造成怎样的影响，但我狠心没有联系他。

　　快开学了，阿姨带着陆珏出现在我家门口，看得出她面露难色。我妈跟她寒暄了几句，我瞥见陆珏怯生生地站在她身后，手里拿着一卷纸。

　　"小雪，陆珏好长时间没见着你了……陆珏还是那样，成天一个人玩儿。就是他画了好些画，估计是给你的，要不你看看？"

　　陆珏妈妈一如既往地客气温柔。

　　几个月过去，陆珏见到我，生疏了很多。他一直躲在阿姨身后，阿姨把他手中的纸交给我。

　　"不用了。"我面无表情地讲出来。

　　我妈惊愕地看着我，圆场似的说："我们家雪就是不跟陆珏客气，毕竟一块儿长大的，这画我们就留着了。你看你们还大老远跑一趟，快进来坐……"

　　"我说不用了。"我也不知道自己当时哪儿来的冷酷和坚决。

　　"你这孩子怎么回事……"妈妈着急了，她第一次以嗔怪的语气跟我说话。

　　"不用就是不用。"我丝毫没有动摇。

　　妈妈不管了，一把接过阿姨手里的画递给我："你看看，你不是最喜欢陆珏的画吗？"

"我、现、在、不、喜、欢、了。"我逐字说出这句话,吐出的每个字都无比用力。我把陆珏的画揉成一团,当着陆珏和阿姨的面,狠狠摔在地上。

陆珏一直躲在阿姨身后,我看不见他的表情,却一直逼近他,笃定地说:"你根本就什么都不懂。"

然后头也不回地走过他,逃出家门。

身后传来妈妈的道歉声,还有阿姨的啜泣声。我告诉自己,不要回头,不要想象当时陆珏的任何表情和动作,不要好奇他有没有生气或伤心。

我提醒自己,现在必须和正常的小孩交流,而不是一个人自说自话。陆珏已经是我生命里的"过去式"了。

我躲在一个幽暗曲折的墙角,那是我的常驻地,安静得可以听得到自己的呼吸声。我像往常一样蹲坐在那里,憋着气,咬着牙,眼睛直勾勾地盯着我画在墙上的"正"字。

那是我的失败记录。一天没有完成发声练习的目标,就画一笔,慢慢地,整面墙都被我的正字填满。

最后,我松出一口气,眼泪奔涌而出,心里念着:

再见,陆珏。抱歉,陆珏。

我终于过上了梦寐以求的生活,向往已久的"正常世界"终于向我打开了大门。

这里有正常的同学,正常的课程,正常的交际,正常的一切。不同的是,我变成了最不正常的那个人。

那时,同学称我为"石雕",因为我早上到学校,会一直在自己的座位上坐到晚上 10 点。不论谁见我，都在一动不动地埋头学习。

别人三天才能做完的作业，我一天就做完了，每次数学考试，80% 的习题我都练过手。我始终记得妈妈膝盖上的灰尘，我需要用漂亮的成绩单，证明我存在于这所学校的合理性。那时候，我的成绩一直稳居学校年级前 10 名。

可上课背诵课文时，我仍然无法顺利通过。失语症依旧会不时地拜访，我表情抽搐、双手发抖、脸在发烫，整个人拧巴在了一起。手蜷缩着完全松不开。

"你坐下吧。"老师很是善解人意。每次公开课，他们也会"善意"地问我，"你说话困难，要不，就别上公开课了吧"。

我本以为自己已经做好准备，准备好面对所有突如其来和理所应当的尴尬。

可当同桌的男孩开心地模仿我说话的怪模样，周围的人被逗得哈哈大笑时，我仿佛回到了以前，伙伴们把我圈起来，朝我扔小石子的时刻。

好不容易挨到毕业。毕业典礼那天，我却被选为学生代表发言。教导主任不放心，特意找我确认，能不能上台。我犹豫了几秒，回答："好。"

其实答应的那一刻，我就后悔了。

提前一个星期，我便开始失眠，我一遍遍背诵着演讲稿，好不容易睡着，妈妈说我梦里都在神神道道。

演讲那天，不出意外地，我完全僵在台上，脸憋得通红，脸部肌肉痉挛得更加严重，嘴唇上下打着仗，手颤抖地扶着话筒。

我不敢抬头，眼睛一直盯着讲台上早已滚瓜烂熟的稿子，可脑子一片空白，不知道如何才能把纸上的字传达给别人。台下由一片寂静开始变得"熙熙攘攘"。我没有抬头，也能想象得出别人诧异和戏谑的眼光。

我抿着嘴，眼泪在眼眶里打转。班主任走上台，拍拍我，轻声对我说："没事儿啊，咱下去吧。"

仿佛抓住救命稻草一般，我跟着老师走下台。

我一直期待，自己能在这个"万众瞩目"的时刻证明自己，却又一次被命运结结实实地扇了一个耳光。

我开始想，是不是不管我怎么努力，我这辈子都无法克服失语症的不期而至？要时刻准备着迎接这样的难堪时刻？要一辈子背负这样的阴影和厄运？

我回到家，不哭也不闹。我开始不吃饭，不洗脸，整个人形容枯槁。

没想到，是陆钰带着他迟来的"告白"，将我从痛苦中解救出来。

八

初三暑假的末尾，陆珏又一次敲开我家的门，手里是一些皱巴巴的画卷。

阿姨站在门外，陆珏主动走进来。我知道阿姨和妈妈从来没断过联系，她们几乎成了"战友"。至于他，我已经三年没见过了。

我从椅子上站起来瞟他一眼，他长高了不少，脸也长开了，变得很清俊，眼神有了光彩，但整个人还是很瘦削。我莫名感到欣慰。

两位妈妈很是善解人意，寒暄了几句，一起出去买菜了。

我们大概僵持了两分钟。他不能开口，我也不知道要说些什么。他慢慢走近我，距离我大概20厘米的距离时，把手里的画卷轻轻递过来。我有点不知所措。

这些年来，我从不敢和他靠这么近。就连带他走路，经常也只是拎个衣袖，我怕触及他的底线，怕他感到不安。

我慢慢打开画卷，是三年前被我揉烂的画。画的中央是一株带着四根刺的玫瑰花。

那些年，我为他"朗读"《小王子》的时候，告诉他小王子是那样深深爱着他的玫瑰。

陆珏用双手捂住我的耳朵。世界瞬间安静下来，安静得仿佛时间静止了。而后他放下手，拥抱了我。

随即，他在我的后背轻轻拍了拍，我知道他在告诉我："没关系。"

最后，他挺了挺身子，嘴比平时张得更大了，双手在空气里比画着。他终于用模糊的发声洪亮地讲出一个词 —— 谢谢你。

十年来，我第一次听见陆珏"说话"。

不知怎么回事，我心里筑就的坚固围城一下子倒塌了。我抬起头侧眼望着陆珏，他第一次正式回应我的注视，又或者，他一直在注视着我，只不过我没有在意。

我一个字也吐不出来，趴在陆珏肩上泣不成声。哭到喘不过气，他不断轻拍我的后背，用他的方式告诉我"没关系"。

九

我如愿考上重点高中的重点班，混迹在"正常人"中。而陆珏，阿姨替他选择了艺术学校。

他一直作为美术练习生进行着自己的创作。他的话始终很少，好在我们俩早就不需要言语来沟通了。

我不知道他自己有没有"创作"的概念，我想对他来说，这是一种本能，一种表达的本能。

他每周都会送我一幅画，或是我的画像，或是我们一起画画的场景。有时我在他画室外等他，观望他，等再久都没有关系。偶尔他看到我，会把我拉到他身边。

我的心怦怦直跳，我看着他。我能感受到他想第一时间让我看到他的"表达"，对我的表达，对美好的表达，对这个世界的表达。

有时我们会一起作画，我仿佛跟着他进入一个迷人的世界，一个纯粹的天堂。

我把这理解为是一种"线条接龙"，譬如他画了雪人，我就在雪人头顶上画个太阳，然后他再给他的雪人添把彩虹伞。像猜谜语一样，你不知道对方脑洞有多大，能抛出什么东西给你。

有时我会被他难住，觉得他在故意刁难我，我只能回以

"报复"，胡乱添上荒谬的几笔，破坏他的构图。我看着自己的"杰作"，忍不住哈哈大笑。

他则有点无奈，甚至哭笑不得。陆珏渐渐有了属于他自己的笑容，尽管这种笑容羞涩腼腆，看起来憨憨的，但是，我觉得很美。

在陆珏没有深入过的现实世界，我的学业很重，升学压力很大，尤其是我始终无法完全像别人那样流利地讲话。

高中时，有一次课堂发言，我的失语症再次爆发，我努力地想要讲话，却感到眩晕和难受。我冲出了教室，在走廊上止不住呕吐，全身痉挛。

在他们眼里，我依旧是一个"怪人"，再优秀的成绩单，都挡不住他们乐此不疲地模仿我说不出话时，嘴歪眼斜的模样。

一次，我把陆珏的画带去学校，那时我常常帮老师出板报，画画功底也不错。同桌误以为是我画的，偷偷拿去，帮我报名了一个青少年绘画比赛，代表整个学校去参加。

我原本有机会澄清事实，却鬼使神差地答应了。我太想让那些嘲笑自己的同学对我刮目相看了。

正式比赛那天，在考场上，我思量再三，我不能去这样占陆珏的便宜，我交了白卷中途退场。学校给了我记过处分，我也因此失去了那年的自主招生名额。平日最喜欢的老师生气地要我"退学"。我也没做任何解释，没有讲出同学，也没有讲出陆珏的事情。我回去向陆珏一家道歉，他们也都原谅了我。是陆珏的纯粹，净化了总是悲观阴暗的我。

高三那年，我们生日前夕，陆珏妈妈邀请我跟他们全家去野营。那时我复习准备模拟考已经有一个月了，黑眼圈和罗锅背已经不能再明显，我还没开口答应，阿姨一把拉住我，亲切地跟我说："去吧去吧，你们俩生日离得近，一起过。你也该好好放松一下了。"

就这样，我跟陆珏一家出发了。我有点兴奋，一直囿于电视框和投影布的我，好像从来没有见识过真正广阔的天地。我一直张着嘴，感慨自然的美妙和神奇，我不知道自己家的周边竟然可以看到那么美的星空。

小时候，陆珏的父亲常带他去郊区野外看星星。我们县郊外有一片山区，开过一段颠簸的山路，我们开始向一个开阔高地进发。星星暂时被周围的群山挡住，周围一片黝黑，突然陆珏用手捂住我的眼睛，慢吞吞讲出一句："手、可、摘、星、辰。"

我心里一惊，原来陆珏妈妈持之以恒的诗词教育并没有白费。小时候我还笑话阿姨，一直试图让陆珏跟星星对话，还举着他的手让他"摘星"。

一分钟后，我真的感受到了什么是"手可摘星辰"。陆珏松开了手，车已经开出山区，一片星辰向我扑来，我从来不知道，能与天上的世界那么近。

我把脑袋伸出窗外，身体努力地前倾，下意识地伸出手，想要"摘星"。我做了当年我觉得陆珏做的"蠢事"。

我完全哑言了，第一次丧失表达的欲望，好像神经里紧绷的弦终于松开了一下。我只想安安静静地欣赏自然的美。

我们四个人一起吃了蛋糕，我知道那是我们那个小地方能吃到的最好的蛋糕。糖炒栗子以外的甜食，我都不爱吃，但这次我却把眼前的蛋糕吃了个精光。阿姨看起来很开心，大概是因为我们俩也是真的很开心。

十

吃完蛋糕，陆珏把我拉到一边。他似乎对那一片很熟悉，即便脚下的路模糊不清，跟着他走也没有摔跤。

陆珏一直背着他的小书包，我要帮他拿，他却一直揪着不放。走到一块大石头边上，他弯下身蹭蹭石头光滑的表面，示意我坐下。

他神秘兮兮地从书包里掏出一个纸袋子。看见袋子的瞬间我就知道是什么了，是我最爱的糖炒栗子。不爱吃甜食的我，唯独对糖炒栗子情有独钟，不可自拔。我不由有点恍惚。最喜欢的食物，最美的风景，和最喜欢的朋友，在天地一寸间同框。

陆珏小心翼翼地掏出一个栗子，娴熟地剥干净壳，递给我。

那个瞬间，我却想起过去，我曾经怎样残酷地伤害陆珏，灌输给他那么多悲观的情绪。他能照单接收这样的我吗？

如果陆珏真的理解了我，那他看我，是不是就像在看一个自以为是的小丑？我分不清眼前的人，是那个需要我保护的孤单自闭的陆珏，还是眼前清朗温暖的陆珏？

心里的疑惑、惊慌、焦虑和欣喜交织着。

回家前，我把为陆珏准备的生日礼物拿出来 —— 一双有我俩手绘头像的白球鞋。

一年后，他穿着这双白球鞋来参加了我的高中毕业典礼，也是高考前的誓师动员大会。那时我还是不适应出现在这样的场合。在这之前，我对着陆珏已经翻来覆去念了八百遍演讲稿。

他不再像以前那样，在我讲话时低着头，而是目光如炬地看着我，依旧微张着嘴，即便我卡壳了，也还是担当着最专注的聆听者。

一开始这让我很不习惯，甚至想要逃避。我在乎他的看法，我不想让他看见我丑陋扭曲的样子。

"你背过去，别看我。"我对他说。

他背转身对着墙，在空中用手语比画了一句："你很棒，辛苦了。"

我念不出来稿子，不是因为失语症再次突袭我，而是因为我哽咽了，眼泪一滴滴地落在了稿子上。这么多年，第一次有人明确对我这样说。

演讲那天，我们一起走进礼堂。他的白球鞋穿了近一年，也没磨破，光洁如新。我在老师和同学的诧异中走上讲台，平复一下紧张的心情，我嘴里终于蹦出了稿子上的字。

陆珏站在最后一排，对着我，用手语比画着我的稿子。大概"陪练"的过程，他也烂熟于心了。

奇迹般的，我能脱稿演讲了，虽然依旧磕磕绊绊。我看着台下乌泱乌泱的人，感到前所未有的平静。

"辛苦你了。"下场前，我这样对自己说。

我的妈妈和班主任老师，眼睛通红，而陆珏，给了我一个大大的微笑，一个真正的微笑。

他又比画了一次："你很棒。"

十一

我为高考忙得不可开交，而陆珏也要去英国学画画了。这是阿姨一手操办的，我很尊敬她，我也觉得这对天赋异禀的陆珏来说，是最好的选择。

阿姨在整理作品集的时候，来征求过我的意见，其中不乏一些陆珏小时候的作品。我看着那一张张画作上的签名，不由得怅然若失。其实大部分是我的代签名。

小时候，我想教他写字，在他的每一幅画作上帮他签名。时间长了，他会在后面模仿我的笔迹，就这样，他学会了写自己的名字。

"阿姨，其实我手里有一幅陆珏小时候的画。我觉得画得很好，不过我想自己留下来做个纪念……您看可以吗？"我酝酿半天，支支吾吾开了口。

阿姨停下动作，突然眼泛泪光，摸摸我的头，对我说："当然可以了。这些年谢谢你啊，你也辛苦了。"

和陆珏重逢时，阿姨就拜托我，希望我能帮助陆珏，不管在画画上还是社交上。她想等陆珏再好一些，送他出国念书。

现在，陆珏的情况已经好到能出国念书。我知道自己应该为陆珏全家开心才对，可我却感到一阵悲凉，似乎心里下起了瓢泼大雨，雨水不停地堆积，蔓延至嗓子眼儿却终究没有溢出。

我意识到我们剩下的时间有限，复习也变得心不在焉。我佯装镇定，像往常一样和陆珏聊天，有时候会看着他发呆。

他与平时没什么两样，我想他可能不明白"分别"的真正含义，或者他还不知道自己的未来。

"以后你要拿出更好的作品来见我，还有就是……不要忘了我……"一直与人保持清冷疏离关系的我，第一次感到被人遗忘是一件可怕的事情。

"加油。"这是我能说出的最有正能量的话了。我像小时候那样轻轻地拍拍他，告诉他："一切会好起来的。"我何尝不想留住他，何尝不知道此次分别，再见不知何时。

十二

高考完，我去陆珏家帮他打包行李，送他去机场。陆珏一路一直低着头，就像我第一次见他那样。

我拍拍他，对他笑笑，厚脸皮地为他唱了首野菊花乐队的《你不要担心》，唱有旋律和节奏的歌曲，对于我反而容易一些。

我很早之前自娱自乐写了中文版的词，以前为他唱过一次，这次，是真的应景了。所有我想说的，都在这首歌里了。

终于到了彻底离别的时刻。他们一家人办完所有手续准备离开。阿姨拥抱我，我又拥抱了陆珏。

过安检后，在 50 米开外的距离，他用手语对我比画了一句话——"希望你快乐"。这是我最后从他那里接收到的信息。

我对他笑了笑，挥手告别。在他转身后，我才用手语回答了他——"谢谢"。

陆珏一家移民后，我们就断了联系。

他在国外学习画画。后来我在某个国外网站上看到过一个插画师的作品，我一眼就认出右下方那个熟悉的签名，来自陆珏。他虽然不是知名画家，也算是有了自己的事业。

我考上了重点大学，后来又被保送到北大读研，但人生依旧诸多不顺，我做过记者、律师助理，现在在做市场管理工程师。一个曾经话都说不出的人，却一直选择靠嘴皮子谋生。也许是始终放不下自己的缺陷，想要证明什么。

这个过程中，因为说话结巴，我被采访对象奚落过，在律所差点输了官司，谈合作时丢过客户。我也能想象，陆珏现在生活里的种种不便。但每次倒下，我内心都清晰地知道，爬起来吧，人生还要继续。

前几年回家，录像厅早已不在，打听了下，老板关了过时的录像厅，开了间书屋和咖啡馆。我和老板吃了顿饭，喝了酒，谈了电影。聊天中他告诉我，当年我总往录像厅跑，他看我不会说话，又喜欢电影，专门留出一个单间隔厅给我。

"不过那时，你妈经常来店里找我吵架。"

我心里触动，那一刻，我发现自己还算幸运。

最后，老板问我："你看着不错……那个孩子怎么样了？"

我冲他笑了笑："都好。我们都好。"

我们已经战胜过最强大的厄运。以后即便有不好的地方，也没什么跨不过去的吧。

文／程芮雪

第三章　陷阱

他的鞋

自卑是每个人成长中都难以逾越的泥沼，在同拮据、卑微、自尊心缠斗后，有人陷落，有人突破，继而发现一片可供奔跑的田野。

一

第一次见到郑文博，是 2017 年 10 月的心理知识竞赛上。

我参赛的主题是多重人格，提问环节评委席一阵沉默。我正想尴尬地溜下去，郑文博突然抬头看着我说："实在不好意思，刚才我有点走神。你的话题非常独特。今天听了这么多场都没有选择这个话题的，我很喜欢。"他是心理协会的会长。他开口后，其他评委也陆续说话了。

那一刻，我的视线里只有他了。

我后来了解到，郑文博工作能力强，打篮球也很棒，在学校很受女生欢迎。他国字脸，高额头，五官棱角分明，长得像体育明星张继科。打量他的眼睛、眉毛、嘴巴，就像翻阅一本漂亮的画册。

过了一个月，心理协会补招干事。我第一个上交报名表，成为郑文博手下跑腿打杂的干事。虽然是协会的会长，但他一点也不严肃，浑身充满了懒散和随性的气息，对我们这些新生十分包容，有时候我犯了错误，他都笑笑说没事。

学校开运动会时，郑文博参加3000米的长跑项目，拿了第一名。当天晚上我看他的朋友圈，他发了一双鞋子的截图，配文：鞋子开抢的时候在跑步，没有抢到，后悔参加比赛。还加了一个痛哭的表情。我点开那张截图，是一双斑马纹的帆布鞋，标价近800块。我觉得真贵。

自那以后，我开始注意他的鞋子。他平时爱穿匡威，有时也穿阿迪和耐克，还有几双很多人梦寐以求的AJ。他的衣服颜色永远单调，黑色上衣，黑色裤子，唯独鞋子一直色彩斑斓。我偶尔翻他的朋友圈，他时常发鞋子的图片，价钱通常贵得令我咂舌。

年底时，我们要为学校年会准备一个节目。作为组长，郑文博经常来看我们排练。某天排练休息的时候，我和朋友跟他聊天。他低着头，突然对我的朋友说："哎，你这鞋子不错啊。"朋友得到行家的肯定，笑嘻嘻地回答："是吗，我也觉得不错。"两人热火朝天地讨论起鞋子。

我低头看了看自己的鞋。那是一双黑色运动鞋，打折的时候在路边买的，价格 100 多元。这双鞋我穿了两年多，鞋面和后跟都磨出了破洞，鞋底裂开了，踩到光滑的地上会发出难听的声音。

相比另一双鞋，这双还算能拿出手的。

我的另一双鞋是鞋店清仓时买的，40 码的女鞋没卖出去，被我妈低价淘回来，比我的脚大了两码，穿上去有点晃荡，只能多垫鞋垫，把鞋带扎得更紧。每次下雨，穿着鞋的脚就像两只畸形的小船，鞋底早就磨破了，一不小心踩到水，袜子就湿透了。

站在郑文博旁边，我沉默不语，心里打鼓，从脖子到耳根发烫。他一定也注意到我的鞋子了，一定会嘲笑我的贫穷和寒酸。

郑文博还在和朋友聊着。我脑袋充血，头皮渐渐发麻，耳朵嗡嗡的什么也听不见。

心里只有一个声音：我要买一双好鞋。

二

我的家庭并不富裕，全靠妈妈的双手撑起一片天。她在工地上搬过砖，去中学做过早餐，还卖过保险，当过棉纺厂女工、串珠厂女工，开过几年按摩店。我每个月的生活费，就是靠妈妈给人按摩挣来的。

爸爸常年在深圳打工，极少回家，钱都用来买彩票，还借了一堆外债。逢年过节，讨债的人成群结队堵在家门口。我有一个哥哥，读着一年学费 27000 元的专科，最擅长逼迫我妈给他钱。

我记事以后，爸爸已经不再家暴妈妈了，家里的暴力却没有因此停止。我哥是个泼皮无赖，为了要钱，他经常打我和妈妈。上高中时，他就用妈妈的身份证和电话号码去借高利贷。妈妈稍有不顺他意的地方，他就狠狠地打我。他拿捏着妈妈的软肋，变着法折磨她。

我无比体谅和心疼妈妈，从来不对她提过分的要求，生怕有一天她扔下这烂摊子一走了之。日记里，我写下自己的梦想：通过努力让妈妈过上体面的生活。

因此，买鞋的钱我根本张不开嘴向妈妈要，只能自己去赚。

当时学校食堂在招工，窗口打饭，每小时 7 块，一周工作 3 天，食堂经理还能按课表安排工作时间。我觉得这份工作不错，告诉经理我考虑一下，第二天给他答复。等到第二天去找经理，我看见郑文博坐在食堂里吃饭，两腿突然走不动了，浑身僵硬，逃命似的跑出去，给经理发消息拒绝了这份工作。

有人说穷人不配有尊严。我不知道自己配不配，倘若有得选，我还是希望自己能有一点。

寒假过后，我在学校对面的烤肉店找到了工作，每小时 8 块钱。虽然自己从没吃过烤肉，但学习怎样给别人烤肉，对我来说也是一种新鲜体验。培训我的是寝室楼上的学姐，她叫小梨，在这里工作很久了，每天上班，工钱涨到每小时 12 块钱。

我很羡慕小梨，平时跟她走得很近。一次闲聊，我问小梨为什么来烤肉店工作。小梨说："我喜欢买口红，一个月买两三支，生活费当然不够用。"我看出来了，她有很多好口红，经常涂不一样的色号。每天工作前，她都会认真地涂一层口红，无论什么时候都面带微笑。

小梨也问我为什么来工作。我神秘兮兮地笑了，凑到她耳边说："为了买鞋。"小梨露出惊讶的表情，低头看了一眼我的鞋说："看不出来你还有这爱好。"

小梨是个好师父，在她的指导下我很快上手了。

学校里，我依然在郑文博手下跑腿打杂。每次开会，我都低着头，从桌下偷看他的鞋子。我不敢直视他。每回分配任务，他看我的时候，我的眼睛不停闪躲，故意盯着笔记本或者桌上其他东西。好像一旦四目相对，我内心的秘密就能被他看透，羞耻感暴露无遗。

一天晚上，我刚穿上工作服，老板催我去 12 桌。我走到 12 桌，刚把烤架从桌子下拿出来，抬头就看见了郑文博。郑文博看着我，他旁边的朋友笑着说："咋啦，认识？"

郑文博说："好好吃饭，成吗？"

我脸上烧得滚烫，耳根火辣辣的，恨不得扭头就走。但我明白他已经看见我了，或许还注意到了我的反应。我努力按压着自己内心，尽量让动作自然一点。

贫穷是藏不住的，一旦暴露，刻意的遮掩反倒更令人生厌。

我偷听他们的谈话，原来郑文博去年暑期带队去乡村做民宿调查，他把调查报告改成论文交上去，得了一等奖，于是今天请客吃饭。我真心为他高兴。

那天晚上，我剪肉排的时候没拿稳剪刀，肉直接掉在烤架上。我急忙弯着腰给他们道歉。郑文博接过剪刀说："没事，你去吧。我们自己来。"

我默默点头，去了另一桌。

一个多月后，老板以店里不缺人为由，委婉地辞退了我。自那以后，我每天都在学校的广告板附近徘徊，希望能找到一份好工作。

没想到，郑文博向我伸出了手。

三

郑文博让我帮他向一个财经证书培训机构推荐学员，承诺给我丰厚的回扣。

我问："你是在做代理吗？"

他说："差不多，我也在这儿学。"

"那我帮你推荐，你能有什么好处呢？"

他说："招到 40 个，我能免学费吧。"

我立刻答应了他。既能赚钱买鞋，又能帮助他，何乐而不为？很快，我就忘记了过去不愉快的经历，发誓一定要干出成绩，要让郑文博对我刮目相看。

这个培训机构在学校里举办了几场讲座，每次讲座结束后，老师会让大家自己领一些宣传册。我发现，主动领宣传册的同学多少都是对考证感兴趣的，利用这个条件，我开始在班里到处找人借宣传册。

首先，我伪装成想报名的人，由于走得急没拿到宣传册，只能向班里的同学借。我给班里每个同学都发了消息，根据他们的态度筛选出进一步沟通的目标。然后，我伪造了一个大牛陈老师，说是陈老师给我推荐的这个机构，很多学生在这里学过。接着我狠狠吹嘘了一下郑文博，告诉同学，陈老师推荐我去找这位学长了解情况。最后，我做出很想学的样子，邀请他们跟我一起去找郑文博。

我以为自己的计划完美无缺，于是发消息给郑文博，让他陪我演戏。谁知他很快打电话过来问我怎么回事。我不敢对他撒谎，全盘托出。

他听完吸了一口气说："停，停，停，不要再骗人了！我只是让你把感兴趣的同学推荐给我，其他的我来谈。明白吗？"

我说："好的。"

我没再多说别的，直接把他的联系方式给了感兴趣的同学。

谎言让我疲惫不堪，我不敢跟同学坦白真相，觉得自己就是一个小人。老实说，别人的看法我并不在乎，唯独郑文博的态度让我羞愧难当。很多个夜晚，我躺在床上，脑袋里不断回响起那句"不要再骗人了"。

我拿枕头捂住脸，眼泪抑制不住地流下来。

四

后来我去了火车站附近的商场发宣传单。老板给我一套玩偶熊的衣服，告诉我一天100块钱，日结。我高兴地搓搓手说：

"成，我每周六来。"

周六，我五点半起床，喜滋滋地乘公交，再转地铁去赚钱。跟我一起工作的还有车站附近学校的几个男生，他们每次发的都比我快很多，经常主动来帮忙。我会请他们喝饮料。一个月后，钱存得差不多了，我迫不及待地去买鞋。

我在商场一圈一圈逛着，并没想好要买一双什么样的鞋。导购拿了几双让我试试，我低头的时候，眼镜滑下鼻梁。我用手推了一下，可是镜框已经完全变形了，很快又滑下来。我取下眼镜，放进口袋。

我逛遍商场里的鞋店，特别是郑文博最喜欢的几个牌子，最后给自己选了一款白色的耐克。我穿着新鞋提着旧鞋，坐公交回学校，怕别人看不到又怕别人踩到。我开心地哼着小曲儿，手插进口袋里，突然身体猛地一抽，我的眼镜呢？

我在最近一站下了车，顺着原路回去找。跑遍了商场，乘着电梯上上下下，重新回到各个鞋店，还是没有找到。最后我累得满身大汗，坐在路边花坛旁休息，回想我的眼镜。那眼镜是初中时买的，黑色方框玫红色架子，戴过几年螺丝松了，我用小刀卡着螺丝一点一点拧紧，还是总戴不牢。

这是我的第一副眼镜，花了妈妈大半个月的工资。她说给我配副好点的眼镜，对眼睛好，让我好好学习。我一直戴着它，从初中到高中，再到大学。可是它现在丢了，丢在买鞋的路上。

我一直坐到晚上，细数这一段时光。讽刺的是，牵动我的并不是一个人，而是一双鞋！我对他的迷恋与仰慕，仅仅是因为大家都说他很帅，没谈过恋爱的我，不由自主就会注意到他和他脚下的鞋子。昂贵的鞋子就是他的光环。我想通过一双鞋靠近他，缩短我们之间的差距，所以拼命为此挣钱。

可这多么虚幻啊。我终于回到地面，却仍然没有一种真实的感觉。我低头看着自己的新鞋，虽然美丽却没让我感到踏实。此时此刻我充满负罪感，难道妈妈为我贷款上大学，是为让我到这里买一双鞋？对于穷人来说，钱本身就有无尽的魔力。

现在，我终于意识到，我们是两个世界的人，终于明白，即使费劲买到一双好鞋，也不能弥补我们之间的差距，只能让我的行为显得更加荒谬，让我显得"吃相难看"。

我曾经为此感到自卑，但现在脑袋清醒了，不再这样想了。

五

晚上，我回到寝室对室友老张说："我要卖鞋去买个眼镜。"

老张很惊讶："你近视还没 500 度，没眼镜也能活。鞋可是好不容易买的。"

我说："没眼镜总是不方便，平时上课也要用。"

那时我已经下定决心，说出口后感觉放松了很多，连我自己都惊讶。

老张表示，可以借钱给我买眼镜。我拒绝了她，把鞋子便宜转手给一个同学，配了副新眼镜，又花 50 块在网上的女鞋批发店买了双新鞋。

这次我没选方框眼镜，买了流行的圆框，银色架子。换眼镜以后，好多同学说我变好看了。没想到有人会注意这件事，生活总是给我惊喜。

没过两天，我的新鞋到了，是一双普通的小白鞋，谈不上多好看。室友一直安慰我，她们知道我为买一双好鞋付出了多少辛劳。意外的是，我却没有想象中的难过与不甘，心里满满的轻松与淡然。

现在的我很清楚，什么才是最重要的。

周五，穿着新买的鞋去开会，我不再把两脚缩在凳子下，也不再像过去那样全程低着头对别人的发言不闻不问，频频偷看郑文博。会议过程中，我始终在思考协会当下的工作，思考怎样让它变得更好，思考我能做些什么，并且第一次主动要求工作。

郑文博对此很惊奇。临走时，他突然看着我说："你换眼镜了？挺好看的。"

我冲他笑了笑："对啊，谢谢。"我没想到，他也会注意到我的新眼镜，更没想到他会夸我。我发现，把注意力放在自己身上时，这个男生忽然没那么重要了。

直到会议结束，我都不知道他今天穿着什么样的鞋子。我直直地看着他，目光不再闪躲。他的眼睛、眉毛、嘴巴，还像初次见面时一样帅气，但我已经没有了心动的感觉。

这对我已经不重要了。

文 / 张澈

母亲的希望

我们被放置在一条赛道上不断比较，被"成功""拼杀"等标签
环绕，跑到中途才恍然发现，真正的人生，没有预定的终点。

一

我第一次见到安安是上高中的第一天。

当我从校门口的分班榜单上，看到自己被分到年级中最
好的 3 班时，我激动得手舞足蹈。一回头，却看见一张愤怒
得丑陋的脸。一个女孩向她的母亲不满地喊道："叫你不要找
关系把我分到快班，你偏不听。我就算去了也跟不上！我不
读了！"

她便是安安。

在她的记忆里，我高兴的样子也挺难看的：站在榜单前浑
身哆嗦，好像空气里面通了电。

安安的成绩差得离谱，全班倒数第一。老师将她安排在第
一排，跟高度近视的我成了同桌。但我从来不和她说话。

从小到大，我妈都不喜欢我和成绩差的同学交朋友，害怕
他们会把我带"坏"。她理想中的好朋友是朝阳学姐那样的。

朝阳学姐比我大两届，和我住在同一个家属院。在学习上，
她是我们院子所有小孩的丰碑。各种事迹一经流出，诸如"发烧

输着吊瓶也在背单词""考了第二名整个暑假都不出门玩来惩戒自己""从不追星，偶像只有王后雄"，即刻便成为整个院子的家长教育素材。

朝阳学姐高二那年，参加奥林匹克化学竞赛拿了一等奖，被保送到复旦大学。这个消息在整个院子炸开了锅，家长们成群结队地到她家去"取经"，想把自己的孩子也教育成功。

我就是在那个夏天被妈妈送到朝阳学姐家去的。

当我羞涩地推开她卧室的门时，一个扎着丸子头的女孩正坐在木地板上听 CD。见我怯生生地站在门外，她抬起头冲我一笑，像一阵带来万物复苏的春风。

她长得和典型的学霸可不太一样。

那天，我并没有讨教到什么学习经验。她对一些口耳相传的学习故事进行了辟谣，表示自己并不是一个学习机器，对王后雄也没有特别迷恋。只是她喜欢化学，参加了竞赛，拿到了奖。

她还告诉我，她妈妈一直建议她将来读金融，可她一点也不感兴趣。

"但行好事，莫问前程。只要你专注于自己喜欢的事，没有道理不会成功。"她坚定地告诉我。

她还给我听了她 CD 里放的歌，那是她最爱的乐队。耳机里传来的音乐闹哄而杂乱，震得我耳朵发疼，我一点也不喜欢。

但我觉得她酷得整个人会发光。

二

我再次听到朝阳学姐 CD 里的那首歌，是在安安的 MP3 里。

一个炎热的下午，安安在体育课间隙，坐在树下听歌乘凉，脚尖跟着节奏打拍子。我被蝉声吵得焦躁，也走到树下去坐在她身边，她突然把耳塞往我耳朵里一放。

音乐响起那一瞬间，我鸡皮疙瘩都起来了。一个不入流的"学渣"，竟然拥有和"学霸"一样的音乐品位，我不禁对安安肃然起敬。

安安告诉我，歌名是《Don't cry》，一首枪炮与玫瑰乐队创作的摇滚乐。乐队成员们留着长发，穿着朋克，手臂上布满文身。

安安也很"朋克"。她耳骨上打了一排耳钉，头发顶部烫的是当时流行的玉米须，裙子很短。学校抓校风校纪时，她都被责令整改。

但外表的叛逆只是一个方面，安安还拥有"摇滚"的内涵：愤怒。她是一个易怒的女孩，像烟花一样一点就炸，说粗口像说"你好"一样自然。我们班不少同学都有点怕她，只有我常和她待一块。我还曾多次看到她和她的母亲发生争吵。

我们经常一起去逛书店，书店一角有许多好看的小文具，我们都爱不释手。但它们都价格偏贵，安安和我从来只看不买。

有一天，她兴奋地告诉我，书店要做周年庆促销，买文具的小票累积起来每满 200 就送 12 元可叠加使用的现金券。她说："我们去书店门口找买了文具的人要购物小票，他们留着也没用，一定会给我们的。"

我有点拉不下脸，只肯远远地躲在一边陪她。安安大大方方地杵在书店门口，见人就问对方是不是买了文具，活像一个收取保护费的大姐头。

那天，安安要的购物小票加起来接近2000元，共兑换了9张12元的现金券。她一口气买了6个笔记本和一把中性笔，要我挑走一半。

我想要却觉得受之有愧，尴尬之时，忍不住开口打破沉默："你为什么不直接找你妈妈要钱买呢？"

"我才不要她给我买。"安安摇头说，"用了她的钱就要听她的安排，就像我不愿读咱们班也非被硬塞进来一样。我的人生要自己做主。我最期待的就是我经济独立的那天，可以过上自由自在的生活。"

她的话有点似曾相识。

我一时愣在了原地，她直接把我书包抢来，往里面放了3个本子和一半的笔。

妈妈开始对我和安安越来越近的关系感到不满。她觉得倒数第一的女孩将来一定不会有出息，这样的"坏"坯子不会成为一个"好"朋友。她多次告诫我不要和安安来往，还让班主任把我和安安的座位调得越远越好，阻断我俩的一切联系。

这激起了我强烈的反叛心理，我对她那套"唯学习论"的观点越发反感。

安安只是不爱学习，她哪里算得上是"坏女孩"呢？

三

高一下学期文理分班之前，我经常去找朝阳学姐。

没有高考升学压力的学姐生活得非常洒脱。她参加了校乒乓球社团，跟着一群专业的体育生南征北战。升大学前，她拿到了国家二级运动员证书，古筝过了10级。

朝阳学姐还会专门记录每个晚上做的梦，对应白天所发生的事，来找梦与现实生活的规律。比如，数学考试最后一道大题没解出来的那天，她晚上就梦见自己掉入大海，逗得我大笑。

我还在学姐家里读完了《巴别塔之犬》。她为了让我改掉看了开头就看结尾的读书坏习惯，一直陪着我读书，等我回家就把书收回书架里。

直到她去上大学，我还没来得及向她咨询我该读文还是读理。

这之后，我和安安分了不同的班。她的理科教室在3楼，而我的文科班在顶楼，我们只能"见缝插针"地凑在一块玩。

我课余时间基本都在补课。安安每次都在我补课的楼下等我，用她的小灵通玩贪吃蛇。两个小时后，补课结束的我和安安再一起去吃个冒菜或者喝杯奶茶，交换班上的八卦就匆匆告别。

现在回忆起高考前的那两年，都觉得苦要大于甜。我说她当时上学跟上刑似的，她说我补课跟补钙一样。就算忙里偷闲地玩一会儿，我内心始终是不安的。

高考结束那晚，我们一伙同学簇拥着去吃火锅、唱歌，再去网吧。中途有同学体力不支回家睡觉，或者在网吧打起了呼，只有我的眼皮一刻也没耷拉过，对着电脑屏幕玩 QQ 炫舞，直到包夜结束。

清晨 6 点，我走在街头，想着朝阳学姐此刻也应该起床了，正坐在大学的老建筑里背单词，内心一片向往。

但高考成绩出来后，成绩不理想的我选择了复读。

安安去了杭州某专科学校上大学。

复读期间，迷茫的我给朝阳学姐写了封邮件。学姐很快回复了我，还把她新学期的作息时间表发给了我。一天里排得满当，充实得像我的一周。

她说自己一直有计划读研，所以从大一开始就按照申请全额奖学金的保研标准在做准备，本科读完将赴香港大学继续深造。选择香港是为了将来去美国读博，香港采取的是西式教育，算是个过渡。

我把学姐的邮件用 A4 纸打印了出来。复读期间，每次觉得自己即将崩溃时，我就拿出这封信来看。

安安常给我打电话，鼓励我咬牙坚持。

她的大学生活并没有如她想象的那么美好，她和宿友的关系很不融洽，课很无聊，连谈恋爱也因无人管束而显得没意思。她宅在寝室里逛论坛、贴吧，还新学了网购。她开通了网银，每周都要下单，觉得比逛街还好玩。

时间过得飞快，第二次高考，我终于考上了一本。

家人总算松了口气。

四

我的大学生活既不像朝阳学姐那样上进，也不像安安那样无所事事。我按部就班地上课、考试。

有一年寒假回去，妈妈说朝阳学姐在香港大学谈了个男朋友，家境优渥，同样品学兼优。当有人质疑两人家庭背景差异太大不知是否能长久时，学姐妈妈还骄傲地说自己家也是教师世家，书香门第。

"哼，大院幼儿园老师也敢说是教师世家了，还不是靠女儿给长的脸。"妈妈一边埋怨，一边恨铁不成钢地望着我。

妈妈总是不放过任何一个对我说教的机会。多年来，她从我的生活和学习作风中发现，我和她想要培养出来的女儿呈背道而驰的状态。我安于现状，毕业后最想做的工作是图书馆管理员。我只想每天泡在图书馆里看海量的书籍，挣够用的工资，过平淡的一生。

但我也知道这想法看似简单，于我却并不可能。我并没有反抗的勇气。

也是那年寒假，安安告诉我她申请了一家网店，专卖衣服。她教我开通了网银，让我在网上下单，给她刷评价。

我对她的网店事业并不看好，身为学生，不学习还倒赔钱做生意，不是舍近求远吗？但安安认为如果自己现在就能挣钱的话，谁在乎读不读大学。

我并不认同。

果不其然，安安的网店事业并没有做起来。她开店一个月，真正的客人只有一单，算上她进货的来回车费和屯的货，还倒亏了一个月的生活费。

在朝阳学姐研二那年，我和安安去香港找她玩。

多年没见，学姐已然发福，常年坚持的运动应该停下了。她的寝室不大，却摆满了东西。床头边散漫地放着许多专辑，有万晓利的、张悬的，还有周云蓬的。课桌上立着一个相框，里面放着一张她和一个高个子男生在香港太平山顶笑得一脸灿烂的合照。

学姐的男朋友早毕业了，已在上海找到了工作。他劝她放弃读博，毕业后也过去，可她并不愿意。对于自己在化学领域深造的学术生涯，学姐也有些动摇。化学专业就业前景不乐观，工作岗位少，薪水不高，危险性还极大。同一个学校出来，化学专业应届毕业生的工资只是计算机专业的一半。等过个五年十年，工资差距会越拉越大。她的好多前辈都转行了，她不知道选择读博到底对不对。

第一次看到学姐摇摆不定。我发现在前进路上一直高高在上的她，也不过是个普通人。

我不知道该如何安慰她。

安安反而充满干劲地拍了拍学姐的肩膀，说："等下次痛仰乐队搞巡演的时候，你回来，我们一起去现场听《公路之歌》。"

"好啊。"学姐点点头。

从香港回来，安安发现香港的化妆品比大陆便宜得多，价差起码有三成，她打算重新弄个网店卖化妆品。我问她货源从哪里来，她说在学姐寝室的公共游戏室认识了一个女孩，加了QQ。那个女孩家境一般，支付香港这边的学费和生活费挺吃力。大陆学生在香港不能打工，她可以给安安当买手。两人按比例分利润。

我以为安安又心血来潮，没想到她真的开始做起了代购化妆品的业务。后来开通了微信，她天天在微信朋友圈大张旗鼓地叫卖，产品越来越多。毕业后，她没有去找工作，直接飞去了泰国，到工厂谈成区域总代理的授权，开始代购火爆的泰国减肥药。

后来，听我妈说朝阳学姐和男朋友分手了，那个男生看上了学姐的室友。妈妈说："女孩子只会读书也不行，太过单纯没有手腕就容易吃亏。"

我想起她散在床上的音乐专辑。她都从摇滚听到了民谣，谁又能保证爱情一成不变？

而安安和朝阳学姐相约一块去的痛仰巡演，从未成行。

五

朝阳学姐申请了美国弗吉尼亚大学读博的全额奖学金。

她临走前回了老家一趟，我发现她并没有特别高兴，她父母也都十分平静。学习上的成就再也不能给予他们全家意气风发的喜悦了。

我们还是像以往一样，坐在地板上聊天，学姐圆圆的脸上却是一片迷惘。她的学业瓶颈早已出现：资质虽不差，但已触及个人的天花板。现在她常质疑自己不够变通，没有魄力，错过了转行的最佳时机，可不继续下去也无法回头了。她大学本科的一些同学毕业后自主创业，有的做互联网，还有进军房地产，短短几年已小有成就，可她还一事无成。我安慰她继续求学，说不定能搞出一些在业内大放光彩的科研成果。她只是叹气。

同一时期，在风口发展起来的安安，已实现财务自由。作为最早的一批代购者，安安从港代起步，逐步发展成泰代、日韩代等多国代购，手底下已有了规模不小的代理团队，日进斗金。

现在，安安还会直播代购销售的过程，在直播里向粉丝们推荐什么货好用，衣服怎么搭配才好看。她受到一群粉丝的热捧，俨然一名时尚达人。年纪轻轻的她已经在二线城市买了车和房。

我开玩笑地问她是不是终于在她妈妈面前扬眉吐气，过上了自由的生活，她得意地告诉我那是当然的，但一转头便接到代理催货的电话，聚会还没开始，她又黑着脸走了。

她曾脸色阴郁地抱怨道："每天，一醒来就是无数的事情。"

我妈对于安安如今的发展感到不可思议。每年春节安安回老家上门来找我，我妈都格外热情，叫我多跟安安学习，说我们这种从小一起玩，知根知底的交情最是可贵。她仿佛忘了她曾经用尽一切办法想要拆散我和安安。

我妈再也不把朝阳学姐挂在嘴上当榜样了，反而觉得她一直读书厉害又有什么用，也没见着她孝顺父母，挣钱还不如安安这个大专生多。评价真是功利。

人生路那么长，不走到最后谁也不知道结局会怎样。

毕业后，我进入一家报社做编辑，一待就是 5 年，薪资的增幅完全赶不上通胀速度。妈妈常说我是只没出息的青蛙，只会坐井观天，被温水炖熟了还沾沾自喜。如今纸媒势微，我还是不愿离去。天天和报纸相伴，也算曲线地实现了自己当年想当图书馆管理员的愿望。

最近，我无意间翻出我们在香港拍的合照，想起安安和学姐之间那场未能履行的约定。我上网找出《公路之歌》，在线试听。

"梦想在什么地方，总是那么令人向往。我不顾一切走在路上，就是为了来到你的身旁……"

那是痛仰乐队 10 年前的歌。

那时的我们还非常年轻，未来正闪闪发亮。

文 / 唐晓芙

虚荣女王的新衣

虚荣心就像俄罗斯套娃上的裂痕，真实的自我隐匿在层层包装之下，在窒息的痛苦中煎熬，也渴望出逃。

一

大一的时候，王子薇是我的对床，也是我最好的朋友。

王子薇精致耀眼，平凡如我，在她身边只能是陪衬。不过和她做朋友，随时能分享她的众多追求者送来的零食和小礼物。王子薇也不像小说中写的那样绿茶，她知道我喜欢一个男生，不仅主动与他保持距离，还帮我出谋划策，教我化妆和搭配。

虽然王子薇从没主动提起过家里的情况，但从她的穿着打扮也能看出，她家境十分殷实，衣服鞋子塞满了衣柜，每天的穿搭几乎不重样。

我唯一一次差点和她翻脸，是因为一次学生会活动。那天我负责在门口迎宾签到，需要穿正装，我去学校地下街花了50块租了一套正装，但那儿不能租鞋。

我想起了王子薇，她那么多高跟鞋，借我一双应该没问题吧？

回到寝室后，房间里只有王子薇一人，她正对着镜子试穿新买的衣服。我假装漫不经心地问她穿多大码的鞋，她说37码。和我的一样，我心中暗喜，告诉她自己要参加活动，想问她借一双高跟鞋。

王子薇的表情突然变得僵硬，说自己鞋子跟都很高，我从来没穿过高跟鞋走路会站不稳。我说我就站在门口，不用走动。她又说女孩子总得有一双自己的高跟鞋，要陪我去五角场买一双。

来来回回打了好几轮太极，我终于明白，王子薇极不情愿将她的鞋子借给我。

我盯着她身上那件还未去掉吊牌的、做工精致的毛衣短裙，眼睛有点酸涩。我清楚王子薇的衣服鞋子都很贵重，她也没有义务借给我。可那一刻，深藏于心的自卑还是将我压得喘不过气来。

我张了张嘴，欲言又止，回到自己的座位，打开电脑想看点综艺，却始终无法集中精力。透过偶尔漆黑的屏幕，我看到王子薇似乎一直站在原地发呆。

　　不知过了多久，王子薇拍了拍我的肩膀，一言不发地拉着我走到她衣柜前，打开锁住的柜门，里面是琳琅满目的衣服鞋子。她咬了咬嘴唇，似乎是鼓起极大的勇气说："这个秘密我只告诉你一个人，千万别和别人讲。"

　　"这里面所有的衣服，都不是我的。"

二

　　听到这句话，我第一反应王子薇是个小偷。

　　她慢慢解释后我才明白，迄今为止她穿的几乎所有大牌服装，都是从淘宝"借"来的。她用了"借"这个字眼，可我觉得带有一定的欺骗意味。

　　王子薇向淘宝"借"衣服是从高考后的暑假开始的。当时她家办了好几场升学宴，收到不少红包，她都存到银行卡里，她爸妈说留着当开学几个月后的生活费。

　　高中班级组织了去厦门的毕业旅行。王子薇是被穷养大的，高中总穿肥大的校服运动衫，其他衣服都是捡姐姐们剩下的。为了能美美地出门，她背着爸妈，用卡里的钱在淘宝上买了几件衣服，但她试衣服的时候还是被父母发现了，她妈下了死命令，让她全部退回去。

王子薇哀求母亲，能不能等到毕业旅行回来再退。她妈在众多衣服中挑出一件碎花裙，说除了这件，其他必须得退回去。她以为母亲是心软了，后来她才明白，因为那件衣服的吊牌别针可以取下来再装上去，不会影响退货。

王子薇如愿穿着碎花仙女裙和同学们去了海边。她翻出当天的同学合影，指着照片上笑得无忧无虑的少女："看，这是我。"然后又指着一个男生："那天，他向我告白了。我有时候会想，如果那天我依旧穿着白 T 恤和运动短裤，他还会不会这么做呢？"

王子薇回到家后的第一件事，就是把这件裙子包装好，向淘宝商家申请退货。等待退款的过程中，她一直担心会出什么差错，直到确认退款成功的那一刻，她才放下一直悬着的心。

母亲不经意的做法"启发"了王子薇。她如法炮制，背着父母又偷偷地买了几件衣服，穿几天就退回去，神不知鬼不觉，既不用花钱又能穿到喜欢的衣服。她只留下了那件碎花裙——真正属于她的，第一件连衣裙。

谈话被突然回来的室友打断了，我们迅速分开。我回到了自己的床位前，但脑海里全是王子薇的影子。我有些惊讶，但更多的是隐隐的愉悦。王子薇完美的瓷娃娃形象，似乎有了裂痕。

三

第二天，王子薇让我陪她去取快递，路上她继续和我分享她大学里"借"衣服的心路历程。

"吃到甜头之后，我就有点上瘾了，开始了不停地买衣服、退衣服的循环。"

淘宝上看到喜欢的衣服，王子薇通常先去商品详情页和买家秀里找图片，看衣服吊牌是怎么挂的，胶针吊牌很难取下，她一般都排除，选择那些吊牌是用别针或者线绳打结的衣服。衣服下单到货后，她摘下吊牌穿几天，再申请退货，然后继续买下一件；如果有运费险，买之前就勾上，在确认收货前退货，还可以返还一定的运费。王子薇说，她每个月会花大概 200 元在运费上，这个价钱，还没有一件衣服贵。

"你要不也去网上买双高跟鞋？"她建议道。

我拒绝了，朝她笑笑："我还是自己去买一双吧。"

那天晚上我去万达广场逛了一圈，将近 4 位数的吊牌价令人望而却步。回寝室后我把王子薇拉到厕所，再次询问"借"衣服的事情。一听说我有意向，王子薇的眼睛瞬间亮了起来，她先让我在淘宝上看好几双满意的，又帮我一个个筛选，最后选定了一双。鞋子到货后，从拆快递到填退货卡，都是王子薇一手帮我操办。

参加完活动，我抱着鞋盒和王子薇一起去退货，我问她："其实那天你没必要告诉我的……你不怕哪天被其他人知道吗？"

王子薇脸上妆容精致，表情却有些落寞："可能是我憋太久了，想和别人分享我一直以来辛苦隐藏的面具后的生活吧。有时候我也感觉挺累的。"

她挽住我的手，笑容灿烂无邪："以后你要是遇到这方面的问题，问我就好了。"

我似乎明白了王子薇为什么如此热心地帮我。她一直在寻找某种认同感，她在试图拉我入伙，让我同她一起堕落，贪恋这种锦衣华服的虚荣生活。这样她就有了分享黑暗秘密的战友，不必独自一人背负着寂寞和罪恶感。

　　我盯着手中的鞋盒，突然觉得它有千钧的重量。

四

　　"借"过一次鞋子后，我没有尝试过第二次。王子薇仍是有意无意地给我推荐高奢品店家，我每次都委婉地拒绝。

　　那件事算是翻过了页，我没和任何人提起。只是我再看到王子薇匆匆忙忙出门拿快递的时候，心里都会涌起一种奇怪的情绪。但是我想，我无权干涉他人的自由，7 天无理由退换的规则就是这样。

　　我以为王子薇会一直靠着"借"来的衣服精致而骄傲地活下去，直到有一天，我回寝室时，她满脸恐惧地扑向我说："你有钱吗？借我点钱吧！"她脸上都是泪水，妆也哭花了。我忙问她怎么了，她拿出手机给我看淘宝详情页，我认得这个牌子，Vetements 的飘带卫衣。

　　王子薇望着我，眼神绝望而无助："我翻车了，我要花 8000 元买下它。"她说着说着眼泪又落下来："我清清楚楚记得把吊牌放在桌上的，可等我想退货的时候，就不见了。"

　　尽管吊牌丢了，王子薇还是选择了退货，心存侥幸地希望商家不会注意到。几天后，商家打电话询问她吊牌的事，她撒谎说收到时就没有吊牌，可商家完全不吃这套。

"我说要给他差评，他也完全不怕。他说他认识好多网红，如果我不讲信用，他就把我人肉出来挂网上……"

她只能买下这件卫衣，这几乎会花光她一学期的生活费。我安慰她，如果真的没办法协商，就和父母讲，顶多被骂一顿。

"不可能！"王子薇尖声叫道，"8000元比我妈一个月的工资还高，如果她知道了我拿来买衣服，她真的会跑来学校打断我的腿……"

我每月的生活费只有1500元，借不了她，只能劝她冷静，让她找别人借，比如她的男友叶子钦。王子薇说她已经找过叶子钦了，"他一直问我拿钱做什么，我不告诉他，他就说什么也不肯借我。"王子薇的声音颤抖，水蓝色美瞳下眼神空洞。

"我没法找别人借钱……我不能让别人知道我借衣服的事……"她断断续续地重复着这句话，好似疯了一样。

她趴在我肩上抽泣着，几分钟后，突然用手抹了抹脸，把妆彻底抹花了，眼睫毛也掉了一半，整张脸看起来滑稽又可笑，眼神却很坚定。我突然有种不好的预感。我知道王子薇上学早还没满18岁，花呗和信用卡她也开不了："你不会要去贷款吧？那些贷款都是骗人的，多少女大学生裸贷被骗得血本无归身败名裂！"

她朝我笑了笑，那笑容有些意味深长，让我无法不为她担心。

之后几天，王子薇经常翘课出校，我一开始以为她找了短期兼职，直到有天她一夜未归，凌晨一点我还在不停给她打电话，手机里传来的只有冷冰冰的"您拨打的电话已关机"。

第二天早上八九点，我接到了她的电话，她说她在外滩，"你能不能现在过来？"

我趁着高数课中途下课溜出了教室，乘地铁到了南京东路，一路跑向外滩。

王子薇站在正对路口的栏杆边，朝我挥了挥手。在我走近的时候，她终于绷不住了，毫无形象地号啕大哭。我从来没见过这样的王子薇，即使是知道自己负债 8000 元的时候，她也没有这样崩溃。

她抱着我哭了好久，直到似乎把眼泪哭干了，才努力挤出一个笑容："没事了，我把亏空补上了。"如此短的时间内，怎么填上 8000 元的漏洞，她不说，我也不敢问。

王子薇趴在栏杆上，风吹起来拂过她的长发。她的眼睛肿得像个桃子，脸上还有未干的泪痕。趴了好久，她突然张开双手，大声喊道："去 TM 的世界！"

江面上波光粼粼，我不敢直视她的眼睛。

五

只有我知道，王子薇的吊牌不是凭空消失的。

那天中午，寝室只有两个人。我躺在床上玩手机，斜对床的许晴突然站起来，她似乎以为我睡着了，走到王子薇桌前把什么东西扔到了垃圾桶。等她出门上课后，我下床，垃圾桶上盖满外卖和餐巾纸，我忍着恶心翻了好久，看到了那张吊牌。

王子薇在学校人缘并不好。虽然她本性善良，但是骄傲虚荣的性格很容易引起他人的不满。开学一个多月，就有人拉了一个寝室三人小群，我看到立刻就退群了。倒不是为了维护王子薇，而是怕有一天也会有人同样对我，面带笑容，背后插刀。王子薇以为自己可以瞒天过海，实际上，她几乎日抛的新衣，频繁打给快递公司的退货电话，并没有逃过周围人的眼睛。

许晴曾问过我，王子薇是不是经常网购退货。不久后的学生舞会，许晴穿了一件华丽的蓝色礼服，光彩照人。舞会结束后，我提着礼服邀请室友一起去干洗店，她却支支吾吾说自己手洗。我分明看到她第二天捧着包得严严实实的快递盒去了快递点，我再也没见过那件舞裙。

当时她问得含糊，我回答得也模棱两可。我的内心也很矛盾，我既想守护王子薇的秘密，又希望有人能发现她见不得人的那一面。

我同其他人一样，一边嫉妒着美丽的王子薇，一边讨厌着光鲜的王子薇，一边鄙视着虚荣的王子薇。

我悄悄拿走吊牌，没让它顺着垃圾车滚入如山的废墟中。在王子薇泪眼汪汪地和我说她闯了祸的时候，我从书包里掏吊牌的手，却僵硬地不能动弹。我恶毒地想，这是她的报应。

她忙于奔波的那几天，我好几次想还回吊牌，可话到嘴边就咽了下去。这个时候我该怎么解释，说我在垃圾桶里捡到的吗？

她不会信的。她一定觉得我是个小丑，嫉妒着她的新衣，又没有勇气与她为伍。

可当我看到眼前嘶吼着呐喊着的王子薇，我后悔了。我觉得自己可笑极了，一直站在道德的制高点，自以为是王子薇的制裁者，却也在犯着同样令人不齿的罪行。

我只能麻痹自己，不是我扔掉的吊牌，如果我没有刚巧看到那一幕，这件事不会和我有任何关系。我抱住她，不停说着"对不起"，真正想说的话却如鲠在喉。

清晨的阳光照耀着河面，似乎预示着无限的光明。

文／陆好

一场快进的梦

生活既没有暂停键，也没有加速键。最好的安排，可能随时到来。在人生的剧本中，你只能耐心等待。

一

母亲给了我和男友家谦三个选择："一、分手，你们年龄大了，不能再耗下去，更不能租房裸婚；二、留在北京，一年之内必须买房结婚；三、回到咱们北疆或者家谦的家乡工作，买房结婚。"

这是母亲第一次见家谦。在这次会面的5年前，我刚到北京，没有工作，窝在几百元钱月租的地下室。有了稳定工作后，我搬进公司附近一套三居室的主卧，月租1100元，还包了水费。那时北漂大军数量远比现在小，多看几次房总能找到满意的。

不久，我遇到家谦，北漂的日子才算有了些许安慰。

2008年跟家谦热恋期间，我们在北京租下一套50平方米的一居室，布置得很温馨。住进去第一天，我感叹："如果这个房子是我们自己的，该多好。"

"你太没骨气了，我以后一定让你住比这更好更大的房子。"家谦笑着说。

我趴在他宽厚的肩背上，说："相信你一定能让我们在北京安定下来。"

2013年，我俩在北京努力工作的第5年，存下20多万元积蓄，但距离在北京买房还远远不够。

母亲眼看我27岁，到了该嫁人的年纪，让我带家谦回北疆见见面。初次见面，家谦为母亲挑选了一串海水珍珠项链，送给父亲一套上好的茶具。母亲对他印象很好，夜里来我房间，对我说："这孩子，做事挺周全的。"

第二天，我刚睡醒，家谦已经陪父亲晨跑回来，还买回一兜子菜。母亲在饭桌上细细问家谦的工作、籍贯、父母情况。家谦一一回答，中途不忘给我夹菜。

晚上我和家谦外出散步，他对父母的印象也不错："阿姨知书达理，叔叔是个好脾气，处处宠着你。娶了你，我可真是走运。"

回北京前一晚，我向母亲表达"想和家谦奋斗几年再结婚"的想法，她一听就急了："妈妈不是要你嫁多富贵的人家，买几百平方米的豪宅。只是希望你别混成老姑娘，连个自己的窝都没有。"

"房子是女孩子多大的保障，你知不知道？隔壁家周阿姨的女儿，嫁去上海，没房，后来怎么着？生完孩子还租住在筒子楼里，像话吗？妈妈只是不想你以后带着孩子、拖着行李、接二连三地搬家，我有错吗？"

母亲给我们三个选择，但我没有答应。家谦是湖南人，如果愿意回省会长沙或者老家岳阳，买房定居并非难事。但考虑到现有工作、北京各种潜在的机会，我们都希望继续在北京生活。

我们不结婚也不分手的状态，完全触怒了母亲。她甚至开始妥协："只要你们尽快买房结婚，车子、彩礼什么的可以一切从简。"我不理睬她，与她开始冷战。

其实家谦并不觉得母亲过分，能够看出他回到北京后，压力明显大了起来。买下房子再娶我，成了家谦的执念。可我们心里都明白，除非中彩票，否则靠工资买房那是天大的美梦。

几个月后，家谦毫无征兆地提出了分手。我询问再三，他没说原因。我哭过闹过，他终于开口了："我们不合适。"

他收拾好行李，搬了出去。我曾经的"家"，从他离开的瞬间变回我这个小北漂的"出租屋"。

家谦离开后，我常常失眠。嫁人、爱情、房子、车子这些字眼，成了一团团纠缠在我脑海里的线，越缠越紧。

二

为了让生活重回正轨，我想搬离和家谦住了两年多的"爱巢"，跟房东提出搬家。房东告诉我，家谦已经交足未来一整年的房租。我忍不住，对着已经收拾好的行李流下泪来。

房子租期结束，我再找房子，发现房租早就翻了倍。找房期间，还遇到了黑中介。那人带我去看的房子其实已经租了出去，但房客还未入住，他收了我的定金后，人间蒸发。

最终我狠下心，找靠谱的朋友帮忙，搬到三四千元钱一间的次卧。那小区保安很负责，周边清静安全。

这段混乱的时间里，在父母的逼迫下，我相过几次亲。其中不乏在北京三环以内有房、工作稳定的青年才俊，但总是话不投机。每一次相亲，看着眼前的男人，我都会想起家谦给我讲过的冷笑话、不经意间的小表情。

转眼间，我 30 岁了。母亲不再把房子时时挂在嘴上，而是说："找男朋友只要你喜欢就行。"我常常在电话另一端听着她的唠叨，止不住冷笑。

找喜欢的人就好，这恰恰是最难的。

我像很多"老姑娘"一样，疲于应对亲戚的盘问、朋友好心安排的相亲，因此跟家谦分手后的每个春节我都没有回家。我独自在北京的出租屋里待着，年三十煮一碗速冻饺子，选一部美剧，就这么过年。

我甚至一个人在年初三去逛故宫。北漂大军几乎都返乡了，举家团圆，北京变成一座空城。景点和地铁上都空荡荡的，像极了我的心。

就这么瞎转悠着，巧遇了家谦的同事。他跟我说起往事："几年前家谦的父亲突发脑梗住进 ICU，一晚上一万多元钱费用，掏空了家里的积蓄。家谦必须回长沙照顾父亲，他思索再三，不忍拖累你，才提出分手。"

那位同事给了我家谦的新手机号。犹豫了很多天，我才给家谦发出一条没有署名的短信："你还好吗？"

过了大半天，家谦都没有回复。在我骂自己真傻的时候，微信闪出一条好友申请，头像是一只蓝色的布偶大象，是家谦，他还留着多年前我们一起在电玩城夹到的布偶。我眼里止不住涌出泪水来，手指颤抖着点了接受。

我和家谦复合了。他周末飞来北京，见面时的一个拥抱，终于让这些年仿佛漂浮在太空的我，回到地面。

而母亲得知我和家谦复合后，反而放下心来，在家族各种微信群里"昭告天下"。

三

家谦的父亲，一年前已经离世。不过家谦没有返回北京，而是和大学同学在长沙合伙开了个小公司，偶尔回老家照看母亲。彼时我还在北京工作。

分别多年再聚首，异地恋的问题并没有对我们造成什么困扰。而促成我离开北京的导火索，不是在湖南的家谦，竟然是一个忘记关掉的水龙头。

那天，我在洗漱时接到公司电话，项目出现问题，所有成员要在夜里 11 点赶往现场。急着出门，我忘记关掉洗脸的水龙头。

第二天清晨，忙完回家才发现，家里已是"水漫金山"。楼下房间的天花板渗水严重，房东赶到的时候，我正在与楼下住户商议赔偿事宜。

房东以这次漏水事件为由头，跟我谈判，因为有房客想出更高的价格租我那间出租屋。那天我一宿没睡，面对房东的紧逼、叫嚣，我实在疲于应对，最终与他不欢而散。

当晚房东去物业中心，停掉房子的水电供应，执意要我搬走。在跟家谦每晚的定时通话里，我跟他倾诉这两天的各种烦心事，委屈地大哭起来。家谦得知此事，买了当晚的红眼航班赶到北京，带我去住酒店。

次日，他代表我去跟房东谈判，要回所有的押金和剩余房租。我们在出租房住了最后三天，把所有行李收拾好，寄往长沙。

我提离职，交接好所有工作，跟着家谦前往长沙。创意、项目、加班、KPI 被抛诸脑后，对于北京，我再无留恋。家谦在哪里，哪里就是家。

四

初到长沙，除去不太适应的炎热又潮湿的夏天，我几乎立刻爱上了这座城市。

我们租住在一所大学校园的两室一厅里。没有电梯，装修简单，距离家谦的公司还有些远。但这里租金便宜，而且房东朱阿姨是退休教师，待我们非常好，从来不找我们麻烦或者催租，还隔三岔五给我们送些水果、腊肉，跟我在北京遇到的趾高气扬的房东、黑中介完全不同。

一个多月后，我找到了合适的工作。偶尔加班，家谦总会在楼下等我，接我回家。待一切步入正轨，我们盘算起未来，发现房子依旧是首要问题。

家谦的妈妈不想离开岳阳，所以我们打算先买个两室一厅的房子，等存多点钱再换个更大的。现存楼盘所剩无几，我们参加了几次认筹摇号，都没有中。家谦甚至想去房地产公司工作，看能否有合适的购房机会。

后来我们考虑二手房，跟着中介看了很多次房，要么老房子太陈旧，要么面积、价格不合适。

中介带我们去看过一套两居室，价格比新房低，装修大气，我和家谦交上定金，准备周末签约。

准备付款签合同的前一晚，家谦心血来潮，想去看看小区的整体环境。在小区里散步的时候，我们从小区门口超市老板口中意外得知，我们要买的房子是个凶宅，之前有人在里面自杀。很少发脾气的家谦，跟中介大闹一场，拿回定金和之前的介绍费。

这时，我发现自己怀孕了。因为年过 30，我曾一度害怕自己很难有孕，现在知道肚子里已经有了小宝贝，更想快点安顿下来。

家谦开心极了，很早就拜托朱阿姨，帮忙物色合适的月嫂。因为怕我受累，家谦不允许我再陪他去看房。他下班后，先回来陪我吃晚餐，而后换身衣服就去"扫楼"。

我们曾经定了几个原则，不要一楼，不要某些高速路会经过的楼盘。但眼前我怀了孕，只好放弃当初定下的选房规矩。家谦几乎把所有意向小区、地段的新房和二手房看了个遍。

就在我们准备咬牙入手一套一楼的二手房时，朱阿姨在国外的女儿怀了孕，她决定移民，问我们是否愿意购买她的这套房。朱阿姨出的房价低到我们都有些不好意思，她说："我不缺钱，你们都是好孩子，我希望你们两个年轻人能顺利有个家。"

虽然这套房不是我们眼里完美的房子，但家谦不想让我怀着孕，还要换个地方继续过租房的日子。我们商量再三，决定把它买下来。

没多久，家谦向我求婚了。

他带我飞回北京，在我们初遇的那一间会议室里，摆满玫瑰，在投影仪上播放一张张合影。老同事们纷纷到场，为我们献上祝福。在祝福声中，家谦给我戴上钻戒，我们和肚子里的小家伙一起，紧紧相拥。

领证那天，家谦把结婚证看了又看，说："这下你可是跑不了啦。"

我终于如愿以偿，在自己35岁生日之前，嫁给心爱的人，带着肚子里的孩子，住在属于我们的小房子里。

五

我们并没有放弃重新买房的打算。

机缘巧合之下，家谦在一个清盘的小区里发现一套未出售的样板间。三室一厅，豪华装修，坐北朝南，是我们理想中的房子。

这房子本来是给地产公司领导预留的，不知什么原因没有购买。家谦四处托人，把这套房子拿下。签了购房协议，办好贷款，他才彻底放松下来。

样板间已经放置一年多后，没有什么气味，很快我们住了进去。我们把朱阿姨的房子卖掉，赚到的差价全部换成外汇，还给了好心的朱阿姨。

至此，我们才算按两人的心意，安定下来。每天醒来，看着家谦安静的睡颜，摸摸肚子里的小宝宝，我觉得新的人生才刚刚开始。

夜里，想起北漂10年间的点滴，仿佛经历了一场快进的梦。

★本文依据当事人口述，人物皆为化名。

文/覃月

九零的婚礼

每次收到别人的婚礼请柬，都是在内心拷问彼此关系的时刻。有些时候，你比台上的新人更百感交集。

一

当火车缓缓停靠在站台时，我倚在车厢的窗户边看外面的雪白世界，终于明白拒绝了机票而选择十几个小时的卧铺火车，是多么愚蠢的决定。出发时那点不知名的情怀被长时间离开地面的漂移感消磨殆尽，现在只渴望双脚站在大地上。

我开始理解九零在电话里骂我的话，三年来还是死性不改，折腾别人折腾自己。

我提着轻巧的旅行箱走下站台，单薄的呢子大衣在周围裹着厚厚羽绒服的人群中格外扎眼。在南方生活太久，看着手机屏幕上零下十几度的北方城市，连这第一次看到的雪国都没有欣赏的欲望，在内心崩溃以前身体已先一步崩溃了。

跺着脚四处张望，看见了不远处一个西装革履胸前戴着大红花的人，比我更扎眼，心想着这迎亲都跑到火车站来了，也真够奇葩的。视线转而在人群里继续搜寻，却发现大红花正向我走来。

"欢迎光临，我的南方姑娘。"大红花站在我的面前。我看着他，愣了几秒钟才回过神来。"好久不见，九零。"

可不是嘛，简直就像上个世纪的事情。他打量我一眼说："看来我的判断没错，你冬天确实比夏天漂亮。"随即把一件羽绒服披在我身上。

我把手伸进衣袖感受传说中相当于十几度的羽绒服，竟然感觉这是今年来最温暖的时刻。我抬头扯一把他的领带说："你倒是春夏秋冬都一副衣冠禽兽的样子。"

他指着胸前的大红花说："平时损损我也就不怪你，但无论如何，今天我是最帅的。"我白了他一眼，说："赶紧走，再贫你这婚就不要结了。"九零嘿笑了一声，接过我的旅行箱向出站口走去。我四处张望，只有他一个人。

二

我和九零在夏初相遇，夏末告别。他曾经告诉我，他无意中看到我一张冬天的照片，觉得像雪地里的一只小白兔。我说："这也太奇怪了，我们南方城市根本没有雪。"他说："那冬天一定要去一趟你的南方城市，看看没有雪的冬天是如何长出这种小白兔的。"

事实是这话说了以后我们就很少联系了。偶尔提起也是被琐事缠身，工作忙到昏天黑地，说相聚的话都成了客套。从某个夏天分别后，我们始终没能够见上一面。直到这个冬天收到了他的微信邀请函，我第一反应是从桌子成堆的文件里翻出了日历，已经三年多没有见面了。

手上的日历还没放下，他的电话就打过来了，"信子，我要结婚了。"

我一面惊讶一面骂他:"什么时候勾搭上妹子也没吱个声,这么快就结婚了。""相亲,一眼瞄上了,就结呗,再说也不小了。"

我顿了顿,还是开口问他:"那,方方呢?"

"哟,你还记得她啊,她还老跟我抱怨你忘记她了,这些年都没有联系过她。""你少来,这些年我也没联系过你。"

"她也来。"九零的话戛然而止。

我挂掉电话,看向窗外,南方城市少有的阴沉,初冬的风被办公室巨大的落地玻璃窗挡在外面。

三

九零走得很快,大概是婚礼脱不开身。我任性地拒绝机票改坐火车,婚礼当天才到,还吵嚷着要他来站台接我,实在无理取闹。看着他急匆匆的样子,我有些歉疚,就连跑带跳跟上去,高跟鞋在地上咯噔咯噔钝响。

他察觉出来,回头看我一眼说:"我记得你以前总比我走得快啊,还说自己腿长什么的。"我白了他一眼说:"那时候是一双匡威走天下,这时候能比吗?"他看着我的高跟鞋只嘿嘿笑,放慢脚步。

在车站广场,老远我就看到他曾经在朋友圈晒过的车,是一辆很普通的家用汽车。我对车不太了解,但记得他很喜欢牧马人,便转头问他。他扯着嘴角冷笑一声:"我哪买得起牧马人。"又顿了一下:"再说这小城市开着牧马人也没什么意思。"

我不知道怎么接话，空气突然安静下来，他拿出钥匙很绅士地拉开副驾驶的车门，我坐上去看到后座上堆满了婚礼用的零碎物品。一幅一人多高的婚纱照斜靠在车座下。照片上新娘清纯可人，身旁的九零跟现在一样，西装革履一丝不苟，嘴角有帅气得体的笑。

　　我记忆中只有他仰天长啸和我抢苹果吃的样子，从没见过这样温文尔雅的笑。再看看身边不停接电话的九零，更加觉得陌生。大概是太久没见面的缘故吧。我安慰自己。

　　九零挂了电话就跟我唠叨起来："给你订机票不要，非得受十几个小时火车的罪，真不知道你怎么想的。"

　　我笑笑："工作出差什么的都是飞来飞去，想来这几年都没坐过火车。当年我们不是还坐20多个小时的硬座天南海北跑吗？"

　　"姑奶奶哟，折腾几年就够了。你现在多大岁数了，要分清楚事情轻重啊，婚礼当天还要我去车站接你。门口好几个领导过去了都没碰上面呢，这下又要陪酒了。"他一个急刹车停在了路边。

　　我没理他，拉开车门，面前是一家挺气派的酒店。小城市也没有人管烟花爆竹，彩色的礼花在雪地里散开，门口的雪被扫出一条小道，红色地毯一直延伸到街道台阶上。地毯旁站了不少人，熙熙攘攘的笑声祝福声，一派喜气洋洋。我看得出了神，心里竟然一点也不觉得这热闹跟我有任何关系。

　　九零催促着进门，我想想还是从口袋掏出红包递给了他，他看着鼓囊囊的红包，没有伸手接住。

　　"你这不会给我塞的冥币吧，我可不敢收。"

我瞪了他一眼说："真后悔没塞冥币。"

九零没有被玩笑逗乐，转过头来一本正经地说："信子，这婚礼以后啊，我的人生就是另一个故事，我是叫你来见证一下，所以这些人情世故咱们就不讲了，你能来就是最大的荣幸了。"

我竟然觉得有点尴尬，只好收起红包。这时九零哎了一声，示意我看前方。我一抬头，撞进了方方的怀抱。"信子，你这身打扮还挺符合今天的气场，新郎官可是抛下新娘亲自接驾。"

我轻推了她一把，嗔怪她不来接我。"我这是给你们俩留点私人空间。"方方坏笑地看九零。九零摆摆手说："不闹，咱还是好朋友，我的新娘在那儿呢。"

顺着他的眼光看过去，酒店玻璃大门里，新娘站在熙熙攘攘的人群中间，隔这么远也依然感受到新娘温婉的气质。方方扯扯我的衣角："信子，咱们去会会新娘，看看九零的菜变口味没。"

四

相隔多年，我们的性格依然是自来熟，也没有因为长时间的断层而感到尴尬，我心里稍稍安心了些。我和方方勾肩搭背走向酒店。她本来比我矮一个头，加上我穿着高跟鞋，我搂着方方像是妈妈搂着女儿。

九零皱着眉头看着我们说："信子太不厚道了，见到我连个手都没握，跟方方简直就娘俩儿了。"方方踢起路旁的积雪，一团夹杂着红色礼花的飞行物在九零的西装上砸开了。

他连忙摆摆手笑着说："不闹不闹，我这还要当新郎官呢。"她冷笑两声说："你还知道自己今天是新郎官啊，吃这个醋。"九零瞪了一眼，没来得及反驳就被背后的声音叫了过去，我们循声看去，是新娘在和我们打招呼。

在来的火车上，我曾想象过新娘的样子。九零曾经说过，他一定会找一个兴趣相投的人结婚，至少有想法个性，不至于和他在一起完全没有话题，因而我感觉新娘可能知性成熟。后来在车上看到婚纱照，一副俏皮可人的样子，觉得可能性格活泼热情，但是万万没想过他的新娘是这般娇小的模样，甚至声音有几分羞涩。

九零搂住新娘说："这是我媳妇儿。"

方方上前一步和新娘拥抱，偷偷给我使了眼色。我也上前去拥抱新娘，还说："听说九零对你是一见钟情的啊，真好。"

新娘显示出些许惊讶，挑着眉毛说："一见钟情确实很美好，但我们也要花很多时间去了解对方，就比如说我都不知道赵光还有个名字叫九零呢，你们一定是认识他好多年的好朋友吧，等酒宴结束我可要好好跟你们交流一下呢。"

我和方方面面相觑，双双看向九零，他正转过头和不远处的领导打招呼。

五

从门外一路走来都是气球扎花夹杂着大红喜字窗花，西不西中不中的婚礼，但求大气喜庆热闹。我和方方在酒席中间找到自己的位置，一看居然还是亲友团，越发觉得这婚礼俗不可耐。

方方愣着笑了笑，拉着我坐下来。我环顾四周，亲朋满座的20多桌，都是结对儿闲聊的人，脸上无一不挂着流光溢彩的笑。坐在我旁边的两位老奶奶估计有点耳背，扯着嗓子相互交流。

"这小子好福气，娶到小雯这么好的媳妇儿。"左边白发老奶奶边剥花生边看向新娘说。

"是啊，当年要不是他家老赵去什么青海那山旮旯里把他拉回来，他一辈子也没这么好福气。"右边稍微年轻的老人带着欣慰的笑，继续说，"这几年长大了，知道报答他老头，老赵现在逢人就讲儿子出息。"

我明显感觉到方方浑身抖了一下，动作僵硬了几秒，自言自语，什么青海那山旮旯里，呵呵。服务员开始上菜，我扯了扯桌布，用茶壶里的水把两个人的餐具洗了一遍，又工整地摆在面前。

方方一直不看我，好几分钟之后，她放下手机起身小声跟我说，她去趟洗手间。

在明显加快的脚步声远去后，我终于松一口气，双手撑头揉了揉太阳穴，瞥见桌子上亮起来的手机。屏幕上温婉的女人坐在一把吊椅上，精致的花藤缠绕吊绳，伸出来的小藤条被怀里的小孩子扯住，身后是温文尔雅的男人看着镜头，眼睛里满是祥和。

我的目光被照片里的一家人钉住，久久无法挪开，直到屏幕又暗下去。

六

方方在一桌子菜上齐后才来，上来就拍我的肩膀说："信子，这几年酒量不会更好了吧，当年在什么青海那山旮旯里，我们坐在屋顶整夜整夜喝酒聊天，你还记得吗？"

我瞥了她一眼，龇了龇牙齿看向一边，心想你还提这些干什么。

她也不接话，拿起酒倒满，说："这么久没见，咱们今天就不醉不归了。九零这个人吧，虽然一直觉得他挺禽兽的，但念在当年每天给我们买早餐的分上，还是赏脸过来参加他的婚礼了。"

我控制住想要逃离的冲动，拿起桌上的酒倒进肚子里，北方烧酒流过喉咙一直到胃里，浑身暖和不少。不说话，就这么沉默着让酒过了三巡，肚子咕咕叫着，看着桌子上热气腾腾的菜居然没有吃的欲望。

方方依然不胜酒力，一只手撑着头，一只手摸出手机盯着屏幕看，眼神迷离。又一杯下去之后，方方抬起头说："信子，你倒是说句话啊，你为什么来他的婚礼？"

她推开面前的餐具拿起筷子，因为眩晕几度夹不起一块藕片，干脆放下筷子盯着我："哎信子，你说九零应该不恨我们吧？要不然也不会叫我来他的婚礼。"

我已经感觉到她的眼泪要掉下来了，连忙扶起她，往她碗里夹了些菜。

"你知道我们不该提这些的，都过去了。"眼看着新郎和新娘已经在邻桌敬酒了，我收起话来，叫方方多吃几口菜。

方方忽然瞪大眼睛凑近我说："可你有没有想过，如果那年我们两个人没有不辞而别，把九零一个人抛在高原上，如果那年我们三个人在青海坚持下去，一起做好那家叫作'少年锦时'的客栈，我们的生活会完全不一样。也许今天我们不会这样平凡，为破工作焦头烂额，对过去的梦想只字不敢提起。"她激动起来，声音明显起伏。

"但你看，这热闹的喜宴有什么不好。九零事业小有成就，有漂亮的新娘，小雯看起来应该是个会过日子的小女人。要是没看到你手机，我还不知道你也有了自己的家庭和小宝宝。大家都在正常轨道上，和大多数人一样，俗世平凡的幸福是我们这辈子最大的福祉，我们还能有什么祈求。"我的眼睛有些干涩，连忙拿起筷子夹了几块最近的牛蛙，入口才发现太辣，眼泪还是掉了下来。

她接着说："信子，我不信你这些年没有丝毫，哪怕是一丝一毫的愧疚遗憾。"

七

我低下头看桌子上酒杯里的气泡，一颗一颗浮上来，用肉眼看不到的速度炸开。在我数到第 7 颗的时候，九零在我背后轻轻拍了一下说："北方菜不合南方姑娘的口味吗？"

"没有，没有。"我抬头看他，举起酒杯说，"新婚快乐。"

他笑笑，看着已经倒下的方方说："这货一直不够意思，简直没拿我们当过朋友，结婚都没叫我们，现在我结婚她连个酒都没和我喝就提前倒下了。"

我的喉咙里有什么东西卡住了，钝痛的感觉。赶紧把手中的酒倒进嘴里，却连这一口酒也堵在喉咙里了，噎得我眼泪快要流下来。朦胧里看了一眼他身边的新娘，一副超脱世俗的清纯模样。

九零一个劲夸我依然好酒量，客套几句吃好喝好就和新娘继续敬酒去了。我转过身摇一摇方方，她无力地摆摆手，嘴里含混不清。我感觉头也有些晕了，想起身去一趟厕所，手却使不上力气撑起自己。方方忽然伸手拉我，也没抬头，呢喃着说："我一直以为今天的新娘会是你。"

用尽力气终于撑起自己，我听见酒杯掉落到地上的声音，尖锐的碎裂声在嘈杂的喜宴上没有引起任何人的注意。

我头晕目眩，就近拿起一杯酒，自己跟自己干杯。

文 / 信子

第四章　进击

可爱的消防员先生

花花世界，爱情是两朵向日葵，在阳光下彼此摇曳。

一

2010年，从湖北一所高校毕业后，我回到青海，考入电视台，在一档民生节目做记者，专门负责跑突发新闻。记者都有自己长期合作采访的口子，我的口子就是消防。

2011年11月，民和县发生一起特大交通事故。一辆奔驰商务车在途经109国道享堂大桥时撞上桥墩，车体经过撞击翻滚后，车内7人全部遇难。

第二天，我和摄像李老师驱车将近两个小时赶去采访，在民和县消防中队门口，教导员告诉我下午要去县政府开会，只能让中队指导员陪我们去现场。

约莫等了一两分钟，一个穿着迷彩服的"一毛二"（连长）出现在中队门前，带我们去现场做采访。高原上的阳光有些刺眼，"一毛二"正好站在阳光下，就像被舞台上的射灯打中，我看不太清他的长相。

那是我和大宁的第一次见面。

"一毛二"带领我们去事发地点。到达目的地，下车时，我才看清"一毛二"的模样，一个字——"圆"。圆脸圆脑袋，身材也圆滚滚的，是个很结实的胖子。不过，绝对不是我的理想型。

当时的我也没想到，几个月后，这个我自认绝不会来电的男人，会成为我的初恋。他叫大宁，我给他起了一个昵称"肉宝"。因为他叫我宝宝，我便喊胖胖的他叫肉宝。肉宝说，这个称呼对于五大三粗的他来说，有点"娘"，但最终还是不大情愿地接受了。

一般人第一次面对镜头多少有些紧张，肉宝看上去却很镇定自若，嗓门也响亮。剪片子时，我发现采访中肉宝说了一句令人惊骇的话："缓缓地将最后一位遇难者的下半身从车体内取出。"

我觉得不对劲，向通讯员要他的电话号码，打电话求证。事实是：最后一位遇难者下半身被卡在车里，需要被拆车以后尸体才能抬出。由于这个失误，节目改为口播。

后来，肉宝告诉我，那天他一看到我就紧张，手心里全是汗。

原来他早就见过我，全省消防部队拉动演练的时候，他在消防车里看着我拿着话筒站在路边，当时脑子里闪过一个念头：

"那姑娘要是我女朋友该多好！"

交换号码后，我每天不时地都会收到肉宝的问候短信。"早上好""吃了吗"或者"干吗呢"。他的关心含蓄，木讷的我并未收到肉宝的爱情信号。

二

或许人与人之间真有缘分存在，且多半源自对未来的憧憬。我曾对朋友说，巴颜喀拉山离天空很近，或许神灵能够听到我们内心的声音。

2011年10月初，也就是认识肉宝的前一个月，我接到任务，前往青海省玉树藏族自治州清水河地区采访。10月的高海拔地区，氧气稀薄，一天经历四季的变换，前一秒阳光明媚，下一秒鹅毛大雪伴随着狂风呼啸而至。

途经海拔4824米的巴颜喀拉山山口时，肺部不适的摄像李老师已经无法拿起摄像机了，只能在路边找了块石头坐下歇息。

闲聊时，李老师转头问我："傻姑娘，你想找个什么样的对象？"我没心没肺地笑着说："没想过，像我爸那样的吧！"

我爸以前是军人，为人温和善良。我上高中时，90多岁的姥爷住在我们家。人老了，眼泪鼻涕常常不受控制。有次姥爷低头吃核桃，鼻涕流出老长，挂在鼻子底下来回摆动，我爸"哎呀"一声，快速拿起面巾纸，轻轻给姥爷擦拭干净。从那时起，我有些幼稚的小脑袋里就有个很搞笑的想法——我也要找一个以后给我爸擦鼻涕的老公。

李老师点点头道："会的，相信我，总有一天你会找到很爱你，你也很爱他的那个人。"

借他吉言，在离天那么近的地方，神灵必是听到我们的对话，让我看到肉宝的另一面。

认识肉宝后，我常被邀请去采访。一次，在跟随消防队采访"红门开放日"时，警铃响起，出于职业习惯，我立马跟车出警。

事故车辆的车体变形严重，消防战士们费尽工夫将司机从座位和方向盘之间救出来。司机穿着毛衣，冻得瑟瑟发抖，战士们脱掉军大衣替他裹上。由于受到惊吓，司机反应有些迟钝，鼻涕挂在脸上，已经到了嘴角。肉宝攥着卫生纸，跑上前给司机擦拭起来，没有一丝犹豫。

我有洁癖，自问无法为一个陌生人擦鼻涕。眼前的这个男人可以这样，我还需要为我爸的鼻涕发愁吗？我直直盯着他的动作，体会到什么叫作心头一颤、一见钟情。

那时还没有微信，两个各怀鬼胎的人在你来我往的短信里试探彼此的心意。他始终将热情和含蓄这两种矛盾的情绪合二为一，令我这个从未谈过恋爱的爱情白痴如坐针毡。

这种小心翼翼的拉锯终结在我的一次高烧里。

一场大雪过后，我发起高烧，在家躺了一个礼拜。每天早上 8 点，肉宝开始了密集的短信轰炸。"好些了吗？""好好休息。"那时还没有外卖，他问我有没有特别想吃的，可以托在西宁的战友给我送到家里。

我回复："你为什么这么关心我？"

"你想知道？"

脸颊有些发烫，我心里忐忑，写下：赶紧的！

"因为我喜欢你！！你信不信？！！！"

肉宝话不多，但很喜欢在句末加感叹号。他是白羊座，情绪强烈而温厚。

我回复：相信啊！

这一天是 2012 年 1 月 20 日。肉宝当时坐在椅子上，看到我肯定的回应后，他跳起来，把身边的战友吓得不轻。

他在短信里写道：我一直有个梦想，有个扎着马尾辫的漂亮姑娘能从天而降，没想到那天中午，她自己送上门来了，还梳着大背头式的马尾辫！！哈哈哈哈！！！

三

那时，我每周都会采访一些消防出警现场。肉宝的工作需要随时待命，我有自己的采访任务，两人真正接触的时间并不多。

肉宝一本正经地说："你可以多来报道消防员的生活。为保护记者的安全，我们的战友会去接你。"他顿了顿，又说："真希望你每天都能来。"我听着好笑，又有些心酸。

肉宝向队友提到我喜欢喝旺仔牛奶，他的兄弟也记住了。之后，我每次去他们中队采访，总有战士会笑盈盈地递给我几瓶旺仔牛奶。

男友是个消防员，我心里总是放心不下。2012年，我收到消息，民和县一个村落发生大范围的山体滑坡，随时可能会有大范围垮塌的情况，消防中队需要配合政府，去山脚搭建救灾帐篷，转移安置山脚下的几十户居民。

于公，这是一条非常有报道价值的新闻；于私，我想陪伴肉宝，陪他并肩站在救灾现场。我立即向台里申请要赶往现场。

我到达现场时，局面有些混乱，一些村民舍不得家中财物，趁警察和武警官兵不注意绕道跑回家中。我完成自己的一部分采访，用眼睛搜索四周，战士们穿着统一的服装，却始终不见肉宝的身影，他的电话也打不通。

我心中焦灼，还要强作镇定地整理手上的采访笔录。忽然听到人群中传来骂骂咧咧声："你把我放下！你把我放下！"

我循声望去，看见肉宝肩扛着一名老乡大步朝我这边走。他面色铁青，弯腰将老乡放在地上。

"你不想活，我的战士还要活命。你再跑回去，看我不把你扔河里去！"肉宝用手指着老乡，一通吼叫。

我对摄像的李老师使使眼色，拿着话筒上前。

原来，这位老乡不听劝，非要回家里拿自己媳妇儿的首饰。战士劝他他不听，还非要扯着战士陪他一起去。肉宝看见后，一把扛起老乡就往回走。

老乡很不服气，我递给他一瓶水，安抚道："要是山塌了，你丢了性命，首饰也拿不回来啊。你先待在这里，等情况稳定了再说。我们记者给你做个证人，要是首饰被埋了，帮你一起挖。"

听到这，他才暂时安静下来。

在救援现场，勇气和耐心一样重要。安抚完老乡，我又去找肉宝，他脸上蒙着灰尘，后背的衣服早就汗湿了。肉宝神情严肃，告诉我，老乡生活困难，几样首饰，可能是几代人一代一代传下来的。但无论如何，他都不能看着老乡和兄弟把自己置于危险之中。

夜深了，高原上昼夜温差大，夏天的夜晚很冷，还在准备后续采访的我穿着小西装，套着电视台的冲锋衣，还是被冻得瑟瑟发抖。李老师也提醒我："采访尽量简短。我手冻僵了，不好操作摄像机。"

我点头。准备出镜时，一只手从身后拍拍我的肩膀，回头一看，一位陌生的战士拿着两个罐头瓶，说里边装着姜汤。我接过罐头瓶，还有些烫手，他接着给我和李老师披上军大衣，嘴里念叨着："嫂子，队长这会儿在巡查，等一下还要开会，让我给你和这位老师拿过来！"

嫂？嫂子？

我的脸"唰"就红了，李老师一阵大笑，我真想把脑袋塞大衣里边藏起来。

四

和肉宝恋爱后，平时两人工作都忙，逢年过节，他在消防队坚守阵地，我在全省各地赶节目、剪片子，我们真正相处的时间不多。

2017年夏天，我耐不住想念，一个人开车去看肉宝。虽然也是好几年驾龄的老司机了，可我从来不敢独自上高速，车里温度很高，我甚至不敢伸手去开空调。

　　一个半小时后，我抵达肉宝所在的中队门口。我的刘海全贴在脑门上，脸也红成猴屁股，整个人像是被蒸熟的包子。来中队看人，需要哨兵通报，我说明来意，低头不去看哨兵强忍笑脸的表情。

　　我以为自己为肉宝制造了浪漫和惊喜。但他听说我一个人开车过来，脸色很不好看："你不要命了？"

　　"我没事……"

　　"什么没事？"他看了我一眼，"上去洗脸。"

　　我默默地跟着他上楼。看到他生闷气的身影，竟然有点想笑。我们在中队部坐了一会儿，他给我倒水，脸色缓和下来："以后，再也不许一个人开车上高速。"

　　听说我没开空调，他哈哈大笑："你这个瓜子！空调是不是不知道在哪里？！"说着，他牵住我的手。不过一见到战士，又不好意思地放开。

　　傍晚，我准备回去，看见中队门口站着一位代驾司机。肉宝不放心我，花钱请了一位代驾，在他眼里，我是个毫无生活自理能力的孩子。

　　这件事后，打趣我成为战士们茶余饭后的乐趣，然而他们并没有笑话我被蒸熟了的样子，反而对我这位准军嫂充满恻隐之心。

　　2017年，肉宝被调往德令哈，一两个月见一次面成了常态。

　　肉宝坚持对我早请示、晚汇报。每天出操前，他会给熟睡的我发短信"请安"。夜晚，明明说了"晚安"，收到对方一条"想你，睡不着"的回复，被思念啃噬的两个人又继续聊下去。

他工作性质特殊，离得又远，我更加担心。

有长年奔波在突发新闻一线的经验，我敏感到听到消防车路过的声音，就能判断有几辆消防车出警，还能按照警车的数量判断事件大小。因此，肉宝出警前不敢给我打电话，常常是出完警才告诉我。

他对我报喜不报忧。一次，一辆装载有危险化学品的车辆在行驶过程中发生交通事故导致化学品泄漏，接触空气的化学品瞬间腾起白雾。公路一旁就是农民的田地，重型防化服数量有限，肉宝穿着普通战斗服和战友站在上风向用水稀释泄漏物，避免污染农田。

几个小时下来，他们喉咙痒痛，在医院挂了3天吊瓶，确认自己并没有中毒后，他才慢悠悠将这件事情告诉了我。

自此，不论肉宝调动到哪个中队，我都要先去拜托中队宣传干事，请他们方便时，第一时间将肉宝的出警情况告诉我。

一次晚上10点，通讯员告诉我，一对夫妻吵架，男人负气跳河，肉宝所在的中队需要去救援。她叮嘱我别打电话，消防员们要通过一座年代久远的废弃吊桥，木板都腐蚀了，过河不安全。

我一整晚握着手机，最后在等待中睡着了。

第二天醒来，满床找手机，打电话问他，他说昨天的救援一直持续到凌晨，过桥时，差点一脚踩空掉下去。听到之后，我手一软，手机差点掉下来，但又不敢多说什么，只得开着玩笑：

"谁让你这么胖，还不肯减肥。"

肉宝对我的嘱咐和打趣不以为意，他嘟哝着："好啦。放心。我不会有事的。"他描述自己的危险轻描淡写，我心疼得厉害。

但肉宝不止一次地跟我说过："宝宝，我的疼不算什么，你要是出一点点事情，我会打死自己的。"

五

肉宝前胸后背全是疙瘩，长在身上痒，挤破又疼得要命。他说："这些都是毛囊炎，穿着沙袋背心训练的时候给捂出来的，我比一般人更怕热，也就更严重一些，干消防的，谁不挂点彩，谁不落点病。"

我跟过消防队拉练时的采访。背着120斤重的假人，爬上四五层楼高的训练塔；吊在长30米多的绳索飞速爬一个来回。一次，我看肉宝上拉梯，他身姿矫健，速度也快，和胖胖的身材很不相称。我看着他，心里骄傲极了。

2018年10月，消防部队退出现役部队。喜欢跟我说话的肉宝，话少了起来。

他给我发信息：我舍不得那套军装，那是我的荣光。肉宝不善言辞，很少这么直白地表达自己。

肉宝的父亲是一位老消防员，肉宝耳濡目染，他考取军校，成了一名军人，后来又做了消防员。如果消防部队没有退出现役，他已经入伍 16 年了。

我在短信里安慰他：我爱你如初，因为有些事情并不是脱下那身衣服就可以不做的，你是一名专业的消防员，应该以专业的角度去看待这件事情，这未尝不是好事。

过了一阵子，肉宝又振作起来。发信息告诉我，他不习惯新制服的颜色，好几次被人当成是海军。"你们电视台发的那件工作衣背后的字是在哪里印的？我也去印个字，印上大大的消防两个字，哼！"

我知道，消防的使命和任务在肉宝心里刻下了抹不去的印记。我也在努力成为他坚强的后盾。

还没和肉宝在一起时，我曾经采访过一位特勤消防员的妻子。由于特勤消防员主要处置急难险重任务，所以她的日子过得更加提心吊胆。

2011 年 4 月，西宁市一家商场发生火灾，救援从下午持续到凌晨。那位特勤消防员第二天早上回家时，身上的衣服从里到外没有一件是干的。拿着能拧下水的衣服，特勤消防员的妻子将自己反锁在卫生间里，哭了整整一个钟头。

她跟我说，当时她浑身的肌肉一下子放松了、散架了。那种感受，我在捧着手机等待肉宝安全归来的时刻，也感受过。

除了消防员的身份，他们也是别人的儿子、父亲或爱人。作为消防员的女友，我感受过太多难以忘怀的瞬间，承受恐惧，同时也感受到荣光。

我曾问过肉宝："如果我们正在旅游，遇到当地发生交通事故或者火灾，你会不会救人？"肉宝说："必须上啊！这是消防员的职业习惯，就像你看见什么不平事都想曝光一样。"我看着他肉乎乎的脸，心里默念道：好啊，我也愿意陪你一起救人。

那次西宁商场大火，是我和肉宝第一次同时出现在火情现场。商场里，肉宝冒着楼体坍塌的危险灭火，我站在楼外，握着话筒做报道。当时我们还不认识，但已经是共同经历过大火淬炼的战友了。

文 / 杨午午

北漂女孩

巨型城市不仅有海量机会，也意味着未知凶险。它们就像不断吞吐机遇、陷阱，又制造欢喜、失落的巨兽。

一

2018 年夏天，由于考研复试被刷，我错过了本科上学所在地好的就业机会。父母给我打电话，"回家吧。考个公务员，早点嫁人，把人生大事定下来。"

我厌倦了这些话，不想回去过被安排好的生活。再说，县城太小了，麦当劳都没有，我宁愿趁年轻出去看看。前思后想，我决定上北京寻找机会。

他们见拦不住我，说去可以。但是有条件：10 天内必须找到工作，否则就立刻回来。

我坐上了北上的列车。出了北京西站，看见两个男人席地而坐在分一碗泡面，脸上的表情却踌躇满志。我觉得自己没来错。

来北京的第三天，我拿到一家业内知名传播公司的 offer，虽然工资不高，但也算是能立身，父母那边也交得了差。

除了工作，对于北漂小白，最难的就是找到合适的房子。那时我住在朋友家，不甚方便，迫切想找个落脚的地方，看了几处，我惊叹这儿房租之贵。后来才知道，我来得不巧，正赶上几轮涨租的关口。

我按价格自低到高筛选，很快在网上看中一间月租 1900 元的卧室，在双桥地铁站附近。

根据网页上留下的电话，我联系上中介李达。他的微信头像是一个戴着墨镜、手握木棒、嘴上还斜叼着烟的中年胖哥。起初，我以为这是影视剧里的角色，见面之后才发现是本人，心里顿时有点忧。房子和照片也有差距，客厅沙发上堆着杂物，窗台上落着积年尘灰。

但李达很是热情，细致地介绍租后服务：每月定时保洁，公司统一负责；需要维修打电话，随叫随到……再加上这房租实在便宜。我放下戒备，当天敲定了合同，押一付三，按季度交租。

两个月后，李达突然出现在家里："我们和之前合作的付款APP终止合作了。你需要重新注册一个新的交租APP。"他一副替我考虑的样子，"这个APP可以月付，负担小很多。"他举起手机要拍我的身份证照片。我警觉起来，确定室友也在那交租后，才注册了新平台。

我算是在北京安顿下来。我每天都在吸收新的东西，生活忙碌而充实。父母还在催我回去，我置若罔闻。

8个月后，地铁上的我突然收到李达的消息：房东要收回房子，限我3天之内搬出去。

这时，合租微信群也炸开，我们几乎是同时收到消息，但他俩似乎立刻接受了这个安排。"不让住了有什么办法？""唉，在北京就是搬来搬去的。"

我想动员他们一起去找中介理论："我们凭什么要搬走？"

室友费南回我："那能怎么办？扯来扯去费时间，我活儿都做不完了。"他在一家公司做视频剪辑，常常深夜加班，对他来说，这事儿时间成本太高。

我也有点动摇。前几天母亲来电话说，他们打算陪大伯来京看病，顺便看看我。我知道，说来看我，就是视察一下我的北漂生活，要是过得不好，就多了一个被赶回去的理由。

我环顾四周。13平方米卧室，一张床，没什么家具，杂物都装在收纳箱里，实在塞不下了就胡乱堆着。公用的厨房窄成一线天，两个人挤在里面都会有些暧昧。

我做了决定。给李达发微信：后天有空来一趟吗，交房。

二

我重新找了一处房子，房租略贵，好在干净整洁。李达来给我办退租手续，我告诉他："我搬出去，你把这个月剩余的房租和押金退给我。"

他在手机上敲打键盘，嘴里咕哝着计算房租。"没问题。我已经报给公司财务，7天之内退款到账。"说完，他问我要合同和押金条。钱还没退，我自然不能给他。我还留了心眼，手机一直开着录音。

3天后，退款还未到账。我催李达，他坚持说财务走流程至少要7天。等满了7天，他又推说要到月底。我联系之前的室友，都说还没退钱，中介还把押金条和合同都收了回去。我不免急躁，有空就给李达打视频电话，他嘴里全是客套话，"不好意思""您再等等"。

等了几天，我再打过去，他把我拉黑了。一筹莫展之际，我收到交租软件的信息提示：10天后，我需要交3月的房租。简直是当头一棒。但母亲坐在我身边，我只能假装无事发生。

我闷头研究这个交租APP，盯着《租房借款分期服务协议》看了半天，总算是看明白了：我是甲方，交租APP是提供分期贷款的乙方，还有一个不明身份的出借人是丙方，租房给我的中介公司是丁方。绕这么一轮，经过了四方。我的全年房租已经在乙方的中转下，由丙方付给了丁方，而我，还欠丙方4个月房租

7600 元，由乙方继续向我征收。

现在中介失联。我不仅要不回押金房租，还从天而降一笔总共 10000 多元的贷款。吃晚饭时，我没忍住，哭了。

父母又急又气，"你签合同的时候怎么不看着点？在这有什么好？工资不高，又被骗。要不就回家吧。"

关于我无法在北京生存的预言挨个跑出来盖一遍章。我没力气争辩，只后悔在他们面前没忍住眼泪。

为了留在北京，我精打细算，什么都想省。三餐都自己做饭，有时加班回去累得脱力，还得先做了明天的便当。为了解馋，我每隔段时间会去寻摸点北京小吃，到店后先把菜单翻个遍，似乎眼睛过一遍菜色，这些就全吃过了；真正点单时却点得很少，还琢磨着打包回家，再吃一回。

但我不觉得苦。要开源节流，总不能不活着。但近 8000 元的贷款，我就是把自己挤成麻花，也拿不出。

父母刀子嘴豆腐心。第二天，父亲陪我找到租房合同上注明的公司地址，但到了那儿，根本就不是那家公司。次日他们回甘肃了。给我留了一句话：解决后，早点回家。我无言。

下班后，我又偷偷去了这家公司营业执照上的地址，竟然是一幢居民楼。推开防盗门，里面杂物乱堆，房间被强行隔断成两层，楼上传来一个大汉的声音。

"谁啊？"他的声音很不耐烦，我不禁脑补出醉酒的中年失业宅男的脸。已经是晚上 9 点，四周没什么人，我有点想逃跑。

正哆嗦着，男人探出脸，面相挺和善。听我一说，他摆摆手："不知道不知道。嗨，都这样，注册的时候随便找个地址填上，根本没管在哪儿。"

三

为了让父母安心，我打电话谎称："钱要回来了，没事儿。"

事实上，我开始在12315官网上"投诉"和"举报"那家公司，填完信息、提交接着等回复。干等不住，我直接给12315打电话，举报这家公司。举报被受理，我舒了口气。

几天后，12315的客服回了电话：地址是假的，我们无法处理。其实我一早知道，我填的是他们营业执照上的地址 —— 那幢居民楼。我只是不甘心。

再给12315打电话，他们说："已经受理过你了，处理不了，请不要重复举报。"我又选择了报警。下班后去派出所做笔录，警察说："这是经济纠纷，我们无权受理。"让我去找工商局。我解释说自己找过了，他们说："那我们也没有办法，处理不了就是处理不了。"顿了顿，他叹了口气："你签合同时干吗去了？"

这话一出，我有点恍惚。再给派出所打电话，他们只提醒我"别重复报警"。那两周，我上班的间隙都在做这些事，上网查解决办法，打法律援助，我还想过起诉。法律援助告诉我，找不到经营地址，连传票都没处寄。

"这个案子还有个难点在于，你的租房协议和付租协议是分别和两个公司签的，付租协议里的房屋中介和你所报的中介公司都对不上。你没法证明，你在放贷平台里付的钱，确实给了那家中介交房租。"

我联系付租平台的客服，希望他们能提供给我中介公司的打款记录，对方以"保护客户隐私"为由搪塞了我。

一筹莫展。这时已经到了2月27日——每月交租日，平台扣了我38元滞纳金，还将天天扣下去。它每天清晨都在提醒我，我身上凭空背着近8000元的贷款，还要负担着新租住处的半年房租。我靠每月微薄的工资、透支信用卡和花呗借呗来填补无底洞。

我每天睁开眼想到的第一件事：今天又要给哪里打电话，哪些疑问被回复，哪些人已经告诉我没法解决。我努力平复心情，不想因此影响工作，甚至从未因此请假和迟到。但每天回家一关上卧室门，就瘫坐下掉眼泪。

"只要是问题，就有解决的办法。"每次哭到最后，我都会这样自我安慰。朋友纷纷劝我放弃："好多人都被骗了。"

起初，男友杜平也陪我四处打电话，还借我5000块帮付房租。一周过去，他也开始劝我息事宁人："每天这么焦虑也不是办法，实在不行，就当买个教训吧。"

我心里却怎么都放不下：钱，我可以慢慢还；但我就是不明白：凭什么，别人就能这么轻易地把我给欺负了？

四

3月初，我给费南打电话，要不要周末一起去报警，或许人多能引起重视。他仍是推脱："工作忙，要加班。"

聊着聊着我得知，他放弃追款，因此还没跟负责自己的中介彻底闹翻。另外，上周费南在这个中介的朋友圈看到，我们那刚被强行退租的房子，正在找新租户。我忽生一计，问费南要了他的中介的微信，让杜平加他。

杜平在备注里说要租房，对方很快通过了好友验证。杜平随便扯了个理由，仍是看双桥地铁站附近的房源。"明天能看房吗？"对方秒回："行，哥。"

我就和杜平一起去"看房"。这次的中介叫胡彬，3月初穿着露脚踝的牛仔裤，上面黑黏黏的像是蹭过机油。他左一口"哥"右一口"姐"，开始重复曾经李达说过的话。他想让我相信他们公司服务及时、周到，租了他们的房子就是在北京找到了港湾，从此结束漂泊生活。

但这次我不会再信了。看了两处房子后，我和杜平提出签合同。胡彬很惊喜，忙说下午就带合同来。我俩笑笑："带我们去你们公司签合同吧。"

胡彬脸上闪过一丝犹疑，随口解释道："我们这些中介是流动的，转着几家拿佣金……"说着他看了看我俩的表情，"啊，不过刚好，我们有家办事处就在那儿，待会带你们过去。"他的手指指向对面的大楼。

说完胡彬就走了，我们约定午饭后在楼下碰头。我和杜平立即去胡彬指的大楼一问，没人听过有这么个公司。

下午见面，我们向胡彬挑明："你们公司的李达逼我退房，还骗我网贷，现在不给退房租押金，贷款也不给停；你把他叫出来，或者把我们带到你们公司去。"

胡彬愣了下，勉强答应问问。他打了个电话，一会儿就放下手机，说人在出差，联系不上。这次，我甚至一点儿不着急，这样蹩脚的话术，让我想笑。

我冷静地说："反正今天你就在这儿了，不解决完别想走。必须把我带到公司真实的营业地址去。"

我们站在双桥地铁站边熙攘的人群中，我和杜平紧紧围住胡彬，不说话，只是上下打量他。胡彬有点慌了，改口道，不认识这李达。没一会儿又改口，说他也不是这公司的。

我和杜平任他编排。磨了好久，终于，胡彬耐不住烦，打电话喊人。

一会儿，三三两两来了近10个男人，还有两辆摩托轰轰而至，两个粗壮的汉子从摩托车上下来，袖手而立。我当即有点怯——个个都像李达膀大腰圆，又肥又凶。我说："把我们带你公司去吧，我们也不干吗……"话没说完，一个男人在我脸前挥了挥胳膊，屠夫赶苍蝇似的，"你找错了，我们和这公司没关系。"

他们接上胡彬，一行人向不远处一辆丰田霸道走去。我连忙拍下车的后牌照，和杜平一起飞奔到车前。我们俩直直站着竖起人墙，挡在车前。这辆车很高，车灯和我的腰平齐。

坐驾驶位的男人骂道："别挡路，说了管不了。"我这辈子还没干过这么豁得出去的事，没想到对方压根没放在眼里。也不知道哪里来的勇气，我说："不解决我看谁能走！"

我站在烈日下和车上的人对骂了一轮。他们摇起车窗，开摩托的男人低头玩起了手机，偶尔抬起头对我们说，"爱咋咋""闹够就滚了"。像是终于不耐烦和我们对峙。后排有个人摇下车窗："别动，你就挡着啊！轧死你们。"

"有种你开车啊！"

五

车子突然朝前开动，我和杜平被怼得往后退了几步，我有点腿软。

我看了看身旁的杜平。留意到我在看他，他使劲握了握我的手，眼角传递了一个"别怕"的眼神，随后继续死盯着车里。

路边的行人们都在往我们的方向看，我期待他们能上前围观，但来人看了两眼又都走自己的路了。

丰田车一路推着我们后退了十几米后，车胎在杜平浅色裤子上轧出黑印。有了证据，我们立即给警察打电话："我们被中介骗了贷款，还要开车撞我们。"

驾驶座上的男人听到后，一拳锤在汽笛上，狠狠地吼："这也叫撞？"这次事态严重。15分钟左右，警察赶来。驾驶座上的男人看起来像是"头儿"，打发两人下车处理，自己开车走了。那两人跟着我们到派出所，警察问他们要身份证都拿不出来。

"老油条啊。"负责这起案件的吴警官只能留下俩人的身份证号和联系方式。审讯室里，两方对坐，对着监控和录音笔，他们什么都认了：两人都是这家公司的。李达是他们的同事。"我们可以退款。""贷款也赶紧停掉。"

两人含糊其词，给他们老板电话请示后，说那边公司周末不上班，现在办不了。我和杜平不依："不行，今天必须停了，谁知道出了派出所你们搞什么鬼。"两人这才彻底老实，在警察敦促下给我们手写了份承诺，保证周一上班后第一时间停贷款，按上手印。

"周一还不行你来派出所找我。"吴警官让我放心。警察让他当场结清，扣去水电、清洁费，我的手机上收到了3000多元的微信转账。周一，他们在租房APP上终止了我的合同。

收款页面弹出来的一瞬间，或许是拉锯太久，我竟然没什么感觉。从警局走出来，好一会儿，我才有一种"终于结束了"的解脱感。

我给父母打电话，说出实情："其实我上次没要到钱，这次是真的要到了。"母亲先是说："我之前就知道你没要到。"待我说完自己一天的经历，她夸了我两句，电话两端的我们都笑了起来。自从来了北京，我们很久没有这么愉快地交谈了。

挂断电话后，我发现，这一次，母亲没再提让我早点回去的事情。下次再提，我想告诉她：我能坚持下去，我还能跟这里大部分人不敢面对的事情斗争。

★本文依据当事人口述，人物皆为化名。

文／高欣

我的三百位债主

现代化进程不断加速，信誉筹码的价值却不断被质疑。重重壁垒在人群中竖立，也在善意的穿透下消弭无形。

一

2015年6月12日，我接到父亲从老家打来的电话。他告诉我，他的卡车撞了人，那个人似乎不行了。

记得接到爸爸慌张的电话时，我才加入杭州的一家创业公司不到一周。当时我正在加班，不耐烦地说："那你给小伟（我弟弟）打电话啊。我离家这么远，又去不了现场。"那时我还没有意识到一场重大的危机，已经砸到了家里。

信佛的妈妈，以前总是在家里自豪地讲起，多亏神仙保佑，开卡车有20年经验的爸爸从来没有出过事故。而两个月前，妈妈突发脑溢血住进ICU，差点离开人世。当时，她正在恢复期，我们全家竭力向她隐瞒了这个秘密。

事故突然降临，所有人都傻了。我强迫自己冷静下来，第一时间做了三件事：一、询问律师朋友，他告诉我，这类事故通常会根据当地的人均收入水平赔款；二、父亲的卡车有一些手续并不齐全，询问车管所的朋友，问他这种情况一般怎么处理；三、打听父亲撞到的人是谁。我知道他住在附近的某一个村庄，希望能找到我们两家都认识的人，从中调解这件事。

最大的问题是钱。

估算下来，需要30万元，这相当于家中当时积蓄的总和，还不一定够。当时，我刚从公益机构转到创业公司，27岁的我没有存款，工资不高，我眼看着巨石碾压自己，没有办法。

弟弟在电话里慌乱地说，要把家里的财产转移。爸爸说要出远门躲债，没法赔钱，太多了，可能要花掉他全部积蓄。

我站在杭州炎热嘈杂的街道上，训斥弟弟，他大叫道："你离家那么远，根本不知道家里的情况，凭什么做判断。"我一怒之下，挂掉了电话。站在一处喷泉边，浑身发抖。

同时，我也无法反驳弟弟的话。在此之前，我并不是一个孝顺的女儿。工作5年，我很少回家，由于不善于表达感情，对家里连节假日的问候都很少。父亲总说自己攒的钱够他和妈妈花，不需要我的钱，我很少认真想过回报家里。

从小到大，我埋怨父母对我过于严苛。父亲除了问我缺不缺钱，只在意我的成绩。但我忽略了念书时，父亲能连续工作3天不睡，他对我说："赚钱是我的事情，你不用操心。"需要任何补品和生活费，他总是提前给我。

我在心里做了决定：我不想这件事故毁掉未来一切好的可能性，我希望这个家还能照常运转，弟弟可以按计划结婚，父母能安享晚年。

我知道自己需要钱，可不知道找谁去借。30万元不是一个小数目，我不能对一个人负债太多。

　　我不想向朋友借钱，借钱是一件寒酸的事，况且别人的每一笔钱，都有自己的用处。我在心里算了一笔账：30万元，300个1000元。如果我能找到300个人，每个人借1000元，每个月还5个人，5年把债还清……但，我能承受这么久的负债吗？我问自己。问了很多遍。

　　我拿出纸笔，算着这一组很简单的数字，掉着眼泪。我花了15分钟，写了一篇文章，配了一张眼泪图，公开借钱，时间是2015年6月14日23：08。

　　"我需要30万元，我寻找300位朋友，每个人借我1000元，多了拒收，少了也拒收，只接受微信转账，我会清楚地备注和记得，我欠300个人，每人1000元。按照我目前的薪水，不过度影响我生活的情况，我每个月可以还5个人，我需要还5年，这当中不排除我工资不断上升以后，我加快还款的速度。每一个1000元，我会在以后的某一天还回去。

　　"我试着写下了这个过程，没有告诉任何一个人，我做了这个决定。关于我自己，我不介绍了，不做背书，信任我这个27岁姑娘人品和性格的人，给我一份帮助。

　　"此后数月经年，我做一个感恩的人。"

　　落款处，我写上了自己的姓名和联系电话，并承诺，永不换号。

二

我完全没有想到，很短的时间内，300个人（其中一多半是陌生人）选择了相信我。他们对我说：姑娘，挺住。

文章发出后，我转到朋友圈，询问汹涌而来，不断地有电话打过来："海林，是真的吗？"确认情况属实后，这篇文章开始在我的朋友圈刷屏。

一位朋友得知消息后，说要给我10万块，劝我把文章删了，他认为找到300个人难度太大；欠300个人，这太冒险了。

我没有删，也没有要他的10万块。我不想欠一个人太多。每个人的钱都是有用处的，在他急用时我不能还不上。但1000块不一样，当对方急需用这笔钱时，我随时都能还得上。

大鱼是第一个对我微信转账的朋友，在文章发出9分钟后。他说：我能做的不多，一切都会好起来。

其中一位朋友不断帮我转发各种群，后来他说这是自己唯一一次转发各种群，并以个人信用担保真实性的求助，"因为这不是公益，是朋友救急，以有尊严的方式"。

微信上，消息与好友申请纷至沓来。我在电脑上回复消息，同宿舍的一位好友帮我处理手机上的信息。几百条信息里重复出现这样的祝福：一切都会好起来的。

木子鹏说：我在创业中，不算富裕，还款的时候请尽量把我往前排吧。

李董说：我这份不用还。

刚在北京工作、还未攒下什么钱的樊瑞说：我愿意成为你的三百分之一个朋友。

黄龙想转 5000 块给我：就当你交 5 个朋友好了。

快乐的真谛说：我是一个今年即将毕业的孩子，月底兼职会发工资，你不用担心我，你把所有人都还了再还我吧。

小拍儿说：我虽然不认识你，但我会希望大家都信任你。

我不断地回复"拥抱"的表情，对他们说谢谢。每收下一笔钱，就按照收款顺序为对方打上标签。

第二天早上八九点钟，我筹到了 30 万元的款项，300 个人找到了，同时还在有人不断地递交好友申请。

三

2015 年 7 月，我换了工作，加入上海的一个致力于帮助友善耕耘的新农人的创业公司，工资也涨了一些。7 月 7 日，我第一次还款，还了 5 个人。

序号 1 是大鱼。序号 2 是梵意。优先还款了 3 个人，正在创业的木子鹏，还在念书的星空愿语，公益项目里年龄最小的俊俊。

长达 3 年的还债过程里，发生很多有意思的事。

晓夜曾托我们共同的朋友来问我还款进度，他说："于我而言，你在继续做着这个事情，比还给我钱，让我觉得珍贵得多。"他很想知道自己排在第几号，觉得这是个神奇的事情，我告诉他是 160 号。

有些人主动找我还钱，他们觉得特别不好意思，我劝慰说真的没关系，我早晚都要还，只是调整下序号而已。2015年11月10日，一位朋友说："我最近特别紧张，如果你方便的话，我的1000元不知是否可以提前还一下。"她的序号是53，因她而加我的朋友，我数了数有10个人。

2016年1月1日，另一位朋友说："我之前有给你转过1000元，但是我最近换房子遇到点麻烦，所以想看你方不方便提前给我转钱。"她的序号是265。

还有一位印象深刻的朋友，她的微信名叫"环保清哥"，是深圳的一位环保义工。她会不时地问候我，知道我所在的公司也与环保有关，她会向我介绍水污染、土地污染的常识。

2016年2月14日，她祝我新年快乐，说自己在推广一个环保超市的产品，用了一年，了解了一年，问我有没有兴趣做一份兼职。

我见她总是跟我说话，是不是想让我提前还钱，就主动询问她：你经济压力大吗？需不需要我提前还你，她说不用。

她排在我的第251个记录里。怕她有难言之隐，2016年3月4日，我还是提前将钱还给了她。

收到转账后，清哥激动地说："虽然我们曾经不认识，也有朋友当初劝我不要借，但是我还是想证明一次看看世上还有没有可以信任的事情，现在可以证明我的信任是对的。"

她还说："平时也想问候你，又怕给你压力。有时间可以联系。现在我已经不担心会让你误会是为了钱的事儿。"末尾是两个"龇牙"的表情，她应该是真的高兴。

易妈提前收到我的还款，她想起自己曾经另外一笔借款，是位男士，保险客户，当时自己把对方当弟弟看，他说要辞职做生意，向易妈借钱。易妈不记得借了 2500 元还是 3000 元，这笔借款石沉大海。"海林借钱的事是在此之后，庆幸我没有丢失对他人的信任。"

随着时间的流逝，很多朋友完全不记得这回事了。我说明自己要还钱，对方多回答："完全忘了""一点儿记忆都没有了""你是不是搞错了"。一个姐姐说："真不记得了，我看看能否查得到记录，确认了再说。"她翻出了 2015 年 6 月 15 日 9:14 的转款记录后，才安心地收下了我的转账。

有段时间，我并未公开还款进度，因为自己并未严格按照每月 5 人的频率去还款，也不想继续在朋友圈高调地处理此事。

2016 年 7 月 23 日，一位朋友找到我说："你是公开募集，事后情况、进度也应该告知大家，我认为参与的人没有谁会催促你还钱的，但你曾经是志愿者，更应该明白捐和借都应有后续动作，透明更重要。"

我理解他提醒里的善意，谢了他，并在朋友圈公布了进度。

他提醒我的时候，是我最艰难的一年。年初，母亲第二次脑出血，命悬一线，抢救过来后，半身瘫痪，我和父亲请三姨贴身照顾母亲，三姨之前有工作，我每个月需要给家里 5000 块的生活费，包括三姨的 2500 元工资。这种情况持续了一年，母亲的病情一直没有起色。同时，年底房租到期，所在的创业公司又出现解散变故。

四

还债的 3 年里我换了 6 份工作，每个工作之间切换，休息最多不超过 10 天。如果感受到眼下的工作无法提升自己的能力，我就会果断地跳到下一份工作。

曾经有一次跳槽，跟老板谈薪酬待遇时，他直言我要求的工资让他为难。我说："我这几年需要这样的薪水。"

要求高薪的压力是巨大的，必须证明自己值这个价值。加入新公司的第一周，我 3 天写了 5 篇稿子。通过所有的途径去提升自己对内容的把握感。那时我时常对工作搭档说，担忧做不出成绩会被辞退。

2017 年 12 月 3 日，我所在的公司有一场盛大的知识付费年终狂欢活动，一天凌晨我们还在加班，领导走到我身边问："海林啊，活动期间有没有 10 万加的稿子……"我支支吾吾，没有讲出话。尴尬了数秒，他走了，留下遭受了一万点暴击的我，坐在那里脑子一片空白。

凌晨两点多回家的出租车上，我哭着跟朋友视频说："老板要 10 万加，但我还没有写出来。"

电话里，朋友建议我修改一篇稿件，活动需要时，随时可以用。我回家后修改了整整一夜。后来，活动中需要投放一篇文章，发布了我修改的那篇稿子。文章的效果还不错，心里才慢慢有了底气。

五

收入和生活渐渐稳定之后，我加快了还款进度。

有些人把我删了，我又加回来，解释原因。印象最深刻的是 2018 年 2 月 12 日，我给薛永刚转 1000 元，问他："还记得我吗？新年快乐。"他说："不记得了。"

我发了最早的聊天记录截图和自己借钱的文章链接，他终于想起来了，说："感谢你给我意外惊喜啊。开心一下。不过，我一点记忆都没了。这 1000 块我替你捐了。"他还在朋友圈里写下了几百个字，感叹这件事。我还给他的钱，他全部捐给了一家儿童福利院。

3 年前，他给我打钱时说："收到回复。不用说谢谢。因为，1. 我是一个父亲；2. 我相信互助才是世界的未来。"

2018 年夏天，他在微信上问我地址和联系方式，说自家的水蜜桃上市了，寄一些给我尝尝。几天后，我收到一箱水蜜桃，桃子硕大香甜。

还有一些人拒收。王玮说："不用还了，当是我的一点心意。"叶世明说："现在你应该是比较吃紧的，当我投资你啦，等你以后千亿身价的时候记得打我一个亿，那时候我不会客气的。"

我标注了没有收的人，计划帮他们把这笔钱再捐出去。我捐给一对凉山艾滋孤儿姐妹 1000 块，一个内蒙古单亲癫痫儿童 500 块，一个脑瘤盲女 500 块。剩下的钱我参加了一个公益月捐项目，帮助贫困山区的孩子买大病保险。

有人问我："是什么让你坚持真的去偿还？社会上太多心安理得借钱不还还理直气壮的人。"我说："这本来就是我借的啊。我能找到300个相信我的人，意味着我原本的心性，周围人都是清楚的，所以才会帮我。一点点还掉，对于我，是很正常的事情。"

后来也有人找到我，希望我能帮助他向陌生人借款，我拒绝了他。我的身份和经历具有特殊性，这件事很难复制。

2018年7月20日，我还完了300位朋友的欠款，提前完成了与300位朋友的5年之约。

尽管一路走来很艰辛，但能力在提升，我对人生里困难的认识也发生了改变。困境让我要加速奔跑，很多事其实也没那么难，只是需要扛过某些节点。

这3年，弟弟结了婚，生了个女儿，已经2岁多了。我时常会和父亲通话，聊小侄女。

我也经历了一些人世无常。我转了1000元给高妮娜，3年前她借给我的。她没有马上接收，而是问我："你知道张舒的事情吗？"

这是一个熟悉的名字，我印象深刻，因为我还张舒钱的时候，发现她已经把我删了，我试着添加好多次，每次都写上详细缘由，但都没有通过。"她走了……"高妮娜说。

我欠张舒的1000块，再也还不上了。当初是张舒转发我的借钱文章，高妮娜才加的我。

张舒跟我说的最后一句话是：加油，都会好的，那是2015年6月15日早晨7∶26。

六

我还是时常想起 2015 年夏天的那个深夜，300 个人不计利息的善心，我的心头一直放着 300 个人的信任。我想，还完的那一天，他们一定会为我开心。

今年 3 月，一家媒体报道了我的故事，曾经的"债主"朋友们也转发了文章。其实我和他们多数人的交集，只有借款和还款时的两次对话。我也第一次知道了一些隐情。大大茹说："她 4 年前还是一名大学生村干部，工资只有 3000 多元，但借给我钱时没有一丝犹豫。"

也是第一次了解他们收款时的反应。金春燕说："收到钱时还挺意外的，数月经年确实也忘记了。"尹尹日日说："真是件很小的事啊，彼此心存善意，就是温暖的小星光。"水说："我会告诉我的孩子，海林姐姐的故事，妈妈也很荣幸参与其中。"曾经拼命帮我转发的丁仕松说："海林收获感恩，我们收获信任。过程不易，结局圆满。"

去年 7 月还完欠款的那天，朋友恭喜我还清旧债："你真的很厉害呢，这件事的巨大的后果，经年不息蚂蚁填海一样的给它填平。"她问我是不是有一身轻松之感？我说："是，都找不到合适的表情表达自己。"

朋友说："遇到重大的日子，有巨大的情绪，最适合放空，躺着什么也不做。"

那晚我从公司出来，耳机里循环播放着朴树的《清白之年》，走得很慢，想到自己3年前做出决定的那个晚上，每次换工作时的困难，有些夜晚回到家边洗澡边大哭的时刻。我有些恍惚。

看着路灯下的梧桐树叶，天空挂着的月牙。暖风吹过，我想到，这一天是个特别的日子，回到家我要煮一碗面条，再蒸一根香肠，还有一瓶5度的桂花酒，可以喝上一杯。

文/张海林

妈妈的第二人生

投入相亲市场就如赶集。有人权衡利弊、待价而沽，也有人害怕空手而归，轻率选择。

一

高中时期，每次考完试开家长会，我都特别不情愿我妈来。

只要她一来，就有热心肠的同学跟我说："你妈妈来了！就是爆炸头的那个。""你妈妈的高跟鞋超级高！"

这真是废话，我不知道我妈是爆炸头，那个鞋跟要把整栋楼都给戳穿的声音，是她踩出来的吗？热心同学还特意把手伸得长长的指给我看："诶！那是你妈妈你看到了吗？"

妈妈头顶棕黄色爆炸头，烫着时兴的烟花烫，脚踩10厘米高跟鞋，金色，在阳光下反光的那种。离得老远看见我，喜笑颜开地跑过来，嘴里还不停地大声喊"生生"，我的小名。她身穿破洞牛仔裤和过于浮夸的外套，脸上的烟熏妆在阳光下格外扎眼，瞬间吸引了周围同学的目光。

在一群穿着黑灰的妈妈中间，我妈简直是一种突兀的存在。原本扭头想走的我，只得硬着头皮回应她。

11点钟，晚自习结束后回家，家里只有一盏昏黄的灯。弟弟早就睡了，他10岁，不上学的日子，就一个人在家看中央电视台的纪录片频道，从第一档节目看到最后一档。妈妈又不知道在哪里唱K到深夜。

这样下去不行，离高考还有一个月，我决定跟她认真谈一次话。我告诉她："你要是不回来，我一直等你。"她给我撂下话："成绩是你的，爱睡不睡。"挂电话之前还不忘嘀咕一句："威胁你老妈，也不看看你威胁的是谁。"

我们家几乎没什么完好无缺的家具：洗手间的门坏了，来了客人只能虚掩着门上厕所；厨房的灯坏了，晚上就摸黑操作。我每次劝妈妈修，她都说"没钱"，自己却不断地添置新衣服，买香奈儿香水。

谁能想到，我妈在43岁这年变成了"非主流杀马特"，全然不顾将要高考的我。有时，我会偷偷想，要是爸爸在就好了。

妈妈变得极度不靠谱后，一直浑浑噩噩的我突然有了学习的动力：和我妈断绝关系。要断绝关系，就得自己养活自己，我决定先考个好大学。

高三开学时，我在班级排名倒数第五。高考放榜，我考了全市前50名，名字登在市政府门前长长的名誉榜单上。想想，似乎还得感谢她。

有一年大年初四凌晨，舅妈不许舅舅回家过年看外婆，妈妈气不过，叫了两帮混混去找舅妈算账。我在家里，一边嗑瓜子一边在心里祈祷，希望她能保持一个成年人的成熟稳重。

后来听说她在舅妈家太冲动，她的朋友怕生出事端，直接把她锁在了车里。妈妈在车上也不安分，打电话叫来了她的兄弟们。人叫来了，架也劝住了，我妈面子上过不去，凌晨4点请这帮混混在街边吃烧烤，喝酒，畅谈人生。

天快亮的时候，她踩着高跟鞋回来了，熟悉的高跟鞋声，回响在空旷的楼道里。

二

年轻的时候，妈妈也是叛逆爱美的。外婆家里孩子多，农活重，没时间管她。小学毕业她就辍了学，在镇上到处晃荡，爱买衣服，爱化妆。外婆开玩笑说：来提亲的人把门槛都踏破了。

20岁，她去广东打工，吃了很多苦，但对家人总是报喜不报忧。当时的男友在派出所工作。妈妈骑着朋友的摩托车，车开得太快，碰到石头也不躲，连人带车被甩出去5米多远，路人吓得定住。她爬起来，骑上车冲进派出所，吵了几句嘴后，她跨上摩托又气冲冲地杀出派出所，门卫拦都拦不住。

没多久，男友就把她甩了。随着年龄增长，她在村子里的相亲市场上一路贬值。外婆着急了，劝他找个老实可靠、知根知底的人嫁了。

妈妈遇上爸爸。爸爸跟她之前的男友不一样，是个巨蟹座暖男。妈妈心情不好，他拉她去公园或者河边散步。家中抽屉里至今还存着爸爸当年给妈妈写的信，厚厚一摞，开头一句永远是"亲爱的丽"，落款是"你的英"。

他们结婚了，妈妈决定收收性子，做一个好妻子。爷爷没有留下房子，两人决定一起努力10年，攒下一套房子。10年来，妈妈没买过新衣服，护肤只用大宝和郁美净，埋头扮演着"贤妻良母"的角色。爸爸依旧称呼妈妈"亲爱的丽"，在妈妈每次发火时极尽包容。

2003年，爸爸妈妈一起到北京打工。妈妈在糖果厂上班，每月3000块，爸爸在科技园一家模具公司，每月约6000块，听起来不少，但去掉每月雷打不动的存进去买房的钱，一家四口的开销没剩多少。

我们一家人租住在北京大兴区的一个四合院。那时，妈妈的人生哲学是要讨人喜欢，先要讨好别人。房东奶奶的菜篮挂在院子墙上，妈妈买菜经过时会看看需要添什么菜，房东奶奶和其他人聊天时，说起要做什么菜，她就会"顺路"买回来。那时候，每逢冬至、过年，房东奶奶煮了饺子，总不忘记给我们端来一盘，让我去她家玩。

妈妈在外人面前总是笑盈盈的，但她心里也很压抑。只要不顺心，她就会寻机打我，或者和爸爸吵架，把压抑的情绪宣泄在家人身上。

2007年夏天，我上小学，妈妈带我去北京大学游玩，遇见了学生组织的公益活动。在她的鼓励下，我在未名湖畔捐出人生中的第一张5块钱。

当时，妈妈穿一件浅绿色的衬衣，扎进旧旧的直筒裤。她的头发梳得整整齐齐，用掉色的发夹盘在脑后。我们在北大走到天黑，遇到在树下读英语的学生，她投去羡慕的眼光，拉我走近一点，轻声说："生生，你要向那个姐姐学习，好好读书……以后像你姨妈一样有文化，有好的工作和收入，人家才看得起你。"

虽然她只上过小学，文化水平不高，但省吃俭用地操持家里，拉扯我和弟弟长大，还要帮爸爸处理工作上的人情世故，依旧成了我们家的女超人。

三

我没有北京户口，上不了中学，妈妈带我和弟弟回乡。我们家在镇上没有房子，只能寄宿在姨妈家。妈妈兄弟姐妹6个，姨妈最有出息，大学毕业，是公务员。在小镇上，做公务员的女人很被人钦羡。

我和表姐一个房间，妈妈和弟弟"住"在客厅沙发上，沙发是可折叠的，平摊开就可以当床，住在客厅，她得早早起来。经济条件不对等，又寄人篱下，妈妈眼疾手快地洗衣做饭，用以表达对姨妈的感激。

表姐脾气很大，每次喊她吃饭都得敲好几次门，妈妈终于把她喊出来，她开口第一句是："饭放这儿我会吃，老敲门烦不烦！"

以后，妈要在饭桌前恍惚很久，才鼓起勇气对着房门说："小雪啊，饭做好了，出来吃哈……"没人应，喊上几分钟表姐不出来，又叫我去喊。我不愿意，妈就开始骂我，声音大了，表姐从房间里出来了。

妈一改对我发火的表情："快来吃饭，都是你喜欢吃的。"表姐拉着脸："我不吃肉沫。"妈的脸色再次挂下来。姨妈在旁边，似乎没看见。

为了存钱，妈妈没有买新衣服，总是穿着10年前的旧衣，那些衣服款式过时，洗得发白。

姨妈家经营着一家服装店，妈妈在里面做导购。客人来了，妈忙迎上去，模仿着姨妈的样子给人推荐穿搭，热情又讨好。客人背对着她，只喊姨妈的名字："你快过来！"

妈妈在后仓整理货架，无意间听见客人对姨妈说："上次乱给我推荐，难看死了。我换衣服都嫌麻烦，谁愿意在她手上买衣服，土里土气的，你最好打发她走。"姨妈赔笑道："我这个妹妹没上过学，是有点上不来台面啦。"

客人走了，姨妈眉头紧蹙，嘱咐妈妈："以后来人了，你倒水、拖地就行。"

妈妈不明白，为什么自己真心对待的人，却要这样将自己的尊严踩在脚下。她回家告诉我，又打电话给爸爸哭诉："她作为亲姐，在外人面前不给我好脸色看，把我当个下人使唤。没文化、土气就让人欺负……"

爸爸在电话里说："我看镇上的家庭主妇都灰头土脸的，也没见别人说什么啊。"

四

我上高中后，她和爸爸终于在镇上攒下一套100平方米的房，那时候妈妈已经43岁，和爸爸结婚快20年了。

我们搬进了自己的家，可镇上的人对妈妈的态度已经形成。经年累月，自卑和委屈终于塞不下她的身体，她开始了报复式的蜕变。

有天回家看到妈妈，我突然发现她画了眼线，涂了眼影。她的床头柜前摆着旧旧的化妆盒，是她10多年前买的化妆品，她用这给自己化了妆。

没多久，她突然把留了10多年的黑长直，烫成一缕一缕的烟花烫。她发量多，初烫好，我吓了一跳，她在家里像顶着一棵卷心菜走来走去。

搬家后，她在镇上的幼儿园找到一份工作，终于脱离了对她冷嘲热讽的姨妈和她的朋友们。妈妈有了自己的"朋友"。有天她的姐妹来家里，几个和妈妈差不多大的中年妇女，也烫着和妈妈一样的爆炸头。

与此同时，她的穿衣风格也越来越时尚大胆，她的姐妹也模仿她。她买一件衬衫穿在身上，她们就跟着买同款穿在身上。

镇上开始有了关于妈妈的风言风语。姨妈来找我："你妈以前能存钱，又能持家，带着两个孩子，为人处世滴水不漏。现在怎么变成这样了？"

她拉着我的手，又说："劝劝你妈，让她别这么疯癫了。你是不知道外面的人议论得多难听。"

爸爸还在北京，和以往一样，活在一心工作存钱供子女上学的世界里。他每天给妈妈来一个电话，问她："今天吃了什么？做了什么？开心吗？"

后来，他们开始在电话里吵架。妈妈生气地说："时代变了，现在这些女人哪个不打扮一下？过去为了买房我省吃俭用，现在房子买了，条件也好了，我为什么不能打扮？"

爸爸在电话里只说："你打扮得这么招摇，邻居们会怎么看？再说我在北京，你打扮给谁看？"爸爸开始怀疑妈妈出轨。

妈妈开始成天不着家，洗衣做饭都得我来。2015 年，我在家里打扫时，看到妈妈藏在箱子里的离婚证书。我和弟弟在不知情的情况下，变成了单亲家庭的孩子。

妈妈变得漂亮后，她常常去镇上的酒吧，还在外头混兄弟姐妹，身边围绕的男人又多了起来。她通过微信摇一摇找了一个男友，两人很聊得来。

那时候，我觉得妈妈简直是脑子有病，和家族里的亲戚站在一起指责她："你还有个做母亲的样子吗？"

最终，妈妈还是不顾全家人的反对，同那位叔叔结婚了。婚后，叔叔常常来到家里，妈妈很久不做家务，他就帮她洗碗、做饭、晒被子。妈妈在电话里告诉我，声音听起来很幸福。

<h2 style="text-align:center">五</h2>

不到一年，她又风风火火的离婚，说是不喜欢叔叔那样的性格。离完婚的她如获大赦，还告诉我们，以后自己不再结婚，只谈恋爱。

妈妈知道自己的随心所欲会在镇上引发怎样的风波，只是她活了大半辈子，再也不想像以前那样低眉顺眼、任人欺凌。

我们去镇上参加升学宴，妈妈去上厕所，坐在姨妈身边的一个女人用手比画着妈妈高跟鞋的长度："穿那么高的高跟鞋不怕摔了吗？走路还这么响。"几个人说着就开始摇头，咂嘴，长吁短叹："疯瘴（疯癫）了一样……一点责任心都没有。"

妈妈回来了，她们换了语气："你这双鞋好看诶，只是我穿不出来，怕摔。"妈妈淡淡地说："习惯了，摔了站起来就好了呗。"

去上大学前，妈妈去车站送我。她很久不管我的学习和生活了，她像是一个出走的母亲突然归来，却不知道怎么面对自己的孩子，不断地问我："你要不要买什么东西或者衣服？我给你买。"

进站前，我看着她，真的要离开了，我担心她还能在镇上生龙活虎多久。

大一上学期，我们半年没有通电话，妈妈似乎对在外求学的我很放心，唯一的联系是她给我打学费、生活费的支付宝收付款业务。

有一天，她突然打电话说很想我。我一听就知道不对劲，问她怎么回事，电话里听见她鼻子抽动的声音。她一直说没什么，只是想我了。

那天，我们聊了快两个小时的天。我终于有机会问妈妈："你那时候为什么和爸爸结婚？"妈妈倒是挺直接："你爸好看，对我好。""可爸爸一直对你很好啊！"

她说："一开始合得来，是因为我们有共同的目标，买房。我被那些人说土气、寒酸，我想通过烫头和穿好看的衣服证明自己不是一无是处……你爸怀疑我出轨，我突然觉得，在他这儿得不到理解，觉得自己这 10 年真没有意思。"

六

其实类似的问题我也问过爸爸，爸爸说："你妈好看，懂事。"妈妈不再"懂事"，爸爸收回了他的爱情。他们都在适婚年龄为自己挑选了一个合适的对象，轻率选择的代价是，10 年后，猛然发现自己面对一个陌路人。

要远离她之后，我才能客观地看待她这些年的遭遇。

"你踏踏实实过日子，我好好读书，以后赚钱给你买个小花园房，你安安心心种菜，没事约你的好朋友来打麻将……好不好？"

她在电话那头哽咽，连声说好。

妈妈答应我之后不久，她突然说起要出去玩，却不肯告诉去哪里，跟谁去。接下来3天，她消失了。那么招摇的人，没有发朋友圈，也没有打电话给我。

姨妈责怪妈妈总是让人不放心，催促我赶紧想办法联系她，可我给她打电话，总是没人接。我决定，如果第5天她还没有任何消息，就报警。

在妈妈失联的第4天，手机显示她的微信给我发来视频邀请，我激动地点开，看见一个脸上缠满纱布和绷带的女人，眼睛周围涂满黄色液体，看起来像某种药物。我整个人心都提到嗓子眼，不敢先说话，也不确定她能不能说话。

女人的嘴在纱布的缝隙中颤抖着："生儿，你看我。"是我妈的声音。

"我把鼻子垫高了一点，下巴和多余的下颚骨也削了……"妈妈疲惫的眼睛笑眯起来，"我一直对这个下巴不满意。"我一时间没气晕过去。

她像孩子一样得意地扬起头，马上又吃痛地眯长眼睛。不过看得出她很开心，眼角的鱼尾纹都在笑。

我很无奈："好的，妈。你开心够了，记得回家。"

文／杨树生

病房里的舞者

人最美的时刻，无关形貌是否年轻，无关成功是否降临，而在于戴着镣铐，仍选择跳舞。

一

　　我和李姐是乳腺肿瘤科的两朵奇葩。

　　我是在第 4 次常规化疗时认识她的，我们分在了一间病房。我 42 岁，她 62 岁，大我足足 20 岁。

　　2016 年 8 月 22 日，我转入肿瘤科化疗。每隔 21 天去化疗一期，持续 4 天，共 8 个疗程。转移后又改为 10 天一期。所以每每有新病人问，你化第几个疗程了，我总是不知该如何回答。

　　第几个呢？实在化疗太多次了，也不想去算。李姐也是，自从认识，我俩在医院见面的概率约等于 100%。

　　第一次见李姐时，她烫着大波浪卷发，穿一件带碎花的小短袄，下身是深色格子阔腿裤，还踩着一双高跟牛皮短靴。看上去更像是家属，而不是病人。

　　当她露出 PICC 管，药水滴注，我才知道我们同是天涯沦落人。我心里正在惊奇，她化疗竟然没有掉头发，就见她躺上病床，双手扯下头发，露出了光秃秃的脑袋，开始认真梳理。原来她戴的也是假发。

那次我对李姐印象深刻，因为她的假发不同于其他病人，质量好到能以假乱真。但还是比不过我的：时下最流行的纹理烫。

刚接触李姐时，我有点烦她。我性格内向，轻易不愿接触陌生人，特别是患病后，更不喜欢说话。而李姐每次见到我，就拉着我问感觉怎么样，还叽叽喳喳跟我说些病友间的八卦，让我想睡觉又睡不成。我招架不住她的热情，好几次刻意躲着她。

直到有一次，我因入住晚，没有床位，李姐知道后，招呼我到她的病床上打点滴，还主动找护士要了干净床单替我换上。我有洁癖，看她不像别的病人那样邋遢，才慢慢跟她熟了起来。

李姐懂些医学知识，每当新病人因化疗反应想找人咨询，或是有病人想不开时，李姐就会热心相助；我虽话少，但病友没有床时，我也总让出自己的床位，一个人拎着吊瓶去别处蹭地方。李姐外热，我内热，久处之后，我俩倒是意外地合拍。

熟了之后，我曾问过李姐一个傻问题："你这个学医的，怎么还把自己整成了癌症？"

"没有听说医生不得癌呀。再说，我年轻时学医，五六十年代跟现在差好远。"

二

2016年夏天，我在洗澡时，无意摸到乳房有个小结节，一开始被医生误诊为乳腺增生。几个星期过去，结节不仅没消，反而越长越大。先生催着我再去检查，中医院有乳腺科，坐诊的是位女医生，我将上衣解开给她看，她压了压，问我："有多长时间了，你还在哺乳吗？乳汁不通也会集成包块。"

我哭笑不得，回答道："我都40多岁了，孩子13岁，没有二孩。"

女医生一下变了脸色，说："你这不是炎症，就是癌症。"

我心想不可能，我分明之前做过检查，医生说是乳腺增生。

女医生开了张单子，让我去做穿刺。负责穿刺的医生拿着一根长长的针，我心里一紧，忙问："疼吗？"

医生答："很快。"

做完检查，我走出医院大楼等待结果。上午还是晴空万里的，现在已经下起了雨。那是我最后一次冒雨回家，后来的几百天里，我再不能让自己轻易感冒。因为医生的话，我整个人又惊又怕。儿子看我一副魂不守舍的样子，说："老妈，不管遇到什么事，您都不要瞒着我，我们共同面对。"

下午2点，我准时到穿刺室，医生递给我一张单子，说："快拿给你的医生看。"我看上面写着乳腺Ca，不是乳腺癌，心中一喜，问乳腺Ca是什么意思。

医生看我一眼，说："问你的医生就知道了。"

我不死心，拿起手机开始搜索。百度上写着，乳腺Ca就是乳腺癌，有时候，医生考虑到病人的承受力，就写上Ca。一盆凉水浇灭了我的侥幸心。

先生得知消息，虽然惊慌失措，但还是陪我去公司请假，跟同事交接工作。我俩再三商量，决定瞒着双方老人，只对兄弟姐妹如实告知。姐弟们听到这一消息时，第一反应就是不可能，我平日连感冒都少，怎么可能一下子患了癌症。

回到家，我看到儿子眼睛泛红。我还在医院检查时，他就在网络上查了乳腺癌的相关知识，发现很多名人因此病去世，儿子担心我也会很快死去，抱着我无助大哭。

我那时还安慰儿子，让他别害怕。我有个朋友在2007年患乳腺癌，现在快10年过去了，还是活得好好的。

医生建议我要有思想准备，手术之后，我的伤口可能会从下巴延伸到腹部，以后穿不了无袖，更穿不了低领。这对一直爱美的我，无疑是天大的打击。

先生说："你那个肿块跟炸弹一样，不知什么时候会爆炸。至于美不美，我都不嫌弃你。"先生平时里不会说什么情话，但是他的话却令我安心许多。

我的主任医生是位男士，虽然知道在医生眼里病人无性别之分，但是躺在病床，半身裸露的我还是十分尴尬。

主任医生和主治医生研究着我的乳房，一边拿着记号笔画着线条，一边商量是竖切还是横切。

看着被画得如同地图一样的右乳，我苦笑着对先生说："真的是不能得病，简直毫无尊严啊，这下全都被看完了。"

先生倒是淡定，说："这在人家医生眼里就是个病块。"

儿子更是直接，说："老妈，你还是把自己想成猪吧。"

有他们在身边，我想，乳腺癌不过是一个病而已，如同感冒发烧，迟早会好。

三

岁月在病房中毫无体现，除了入院和出院的日子。

从家到医院有一个小时的车程，我隔三岔五要去一次医院，时间一长，公交司机都认识我了。我看着那条通往医院的路，由最开始的泥泞不堪，到现在成了襄阳马拉松的主要赛道，路边的花都不知道开落了多少次。

在肿瘤科，老面孔已久不见，新面孔又不断地增加，也只有我和李姐还坚守在医院这块阵地里，撤退不下去。我们互称为7楼的老油条。每次医保人员查房，碰巧我或李姐去做检查，护士会跟审查人员解释，这是我们的老病人，隔几天就要来。以至于医保下次见到我们，就是一句怎么还没出院。

乳腺癌病人的化疗采用PICC置管方式，在胳膊上打一根管子，直通心脏，再通过心脏对全身静脉输血。PICC维护时，有新护士看到我手臂过敏长泡，不知如何下手。我会轻车熟路地教她："没事，您先将泡挑破，再消毒。"

护士姑娘一脸感激地看着我，说："阿姨，您懂得真多。"

化疗前4期需要用阿霉素或表阿霉素＋环磷酰胺，我们实在记不住名字，因为药水是红色，就称它为红药水。红药水的毒性非常大，滴一滴在皮肤上，都会引起溃烂，肠道反应更是严重。呕吐，脱发是癌症病人的常态。

红药水要求在半个小时内打完，我们通常将开关放到最大，让药水直接灌进体内。病人边打边吐，为了方便，有人直接将垃

241

圾袋挂在床头。

李姐因为年龄偏高，对红药水反应特别严重。她一看见红药水，就向卫生间冲，后来她想了个办法，戴上眼罩不看，但还是不行。最后，发展成听不得"红药水"三字，只要听到，就克制不住地呕吐。

我为了免受药水干扰，也为了避免胃再受刺激，每当药水开始滴，我就假睡，不承想，每次假睡最后成了真睡。

李姐大为羡慕，说："嗯呀，你不吐。"

我心里翻了个白眼。她不知道，我早已翻江倒海，只是难受得不想说话。

针对病情，我们还要使用靶向药赫赛汀。眼药水瓶大小的药，价格高达 2.5 万元一支。由于没有购置保险，我们只能全部自费。每次去交费时，我和先生都暗暗希望这是最后一次。

我和李姐戏称赫赛汀为"钻石"。每次我俩都无比小心，生怕没有打完，毕竟一滴就是几千块。药水快滴到尽头时，我和李姐会帮对方把输液袋提起来，一个人站在床上，高高地举着输液袋，让药水能尽可能都流进身体里。

2017 年 9 月以后，赫赛汀纳入医保，个人只需掏 3000元。可我们那时每支花了 2 万多元，基本就是一套房子与一个卫生间的差距，于是我和李姐常常感叹："这生病也要赶时候啊。"

四

我们在襄阳市一个相对比较权威的肿瘤医院，整个大楼里全是癌症病人。死亡的气息混着复杂的药物气味，在住院部缭绕不去。

夏日午后的阳光透过树叶洒下，落在地上一片斑驳，听风吹过树梢，是叶子哗哗作响的声音。只可惜我所描述的这一情景，是在外科三楼的病室外。病室的窗子全被钉死，只留一条仅容两只胳膊穿过的缝，还用纱窗蒙着。

我无数次透过那缝想看看外面，都觉得这窗子实在碍事。知道详情的病友说，医院里经常有病人想不开，跳窗自杀，后来医院就将每扇窗户都钉上了。不仅我们这屋，所有的窗都是这样。

治疗的800多天里，我从未有过自杀的念头，且算得上是个听话的病人。每日护士交接班，医生查房，自己赤身裸体被一大群人围观着，我还能保持良好的形象，笑眯眯地对着大家。有护士打针，我还不忘说谢谢。

治疗是痛苦的，也是煎熬的。可是我不敢不治疗，也不敢放弃这痛苦的煎熬，李姐也是。

她告诉我她有个小孙女，我告诉她我有个上学的儿子；她告诉我，她老父亲90了，我告诉她，我父母到现在都不知道我转移了。为了家人，我们都得好好活下去。

2018年清明小长假过后，我到医院进行再一次化疗。早上空腹检查后，饿得直冒金星，李姐递给我一个鸡蛋，结果刚将鸡蛋吃到嘴，就听她说："周姐走了。"

我一下子噎住喉咙，她忙拍我的背，递给我水。缓过来后，我对她说："什么时候说不好，偏选我在吃鸡蛋的时候。"

因为李姐是看着病友周姐走的，她说自己一度睡觉都会梦到她。我严令李姐不准再提这事，作为癌症晚期病人，学会自欺欺人是重要的一课。

很多时候，我跟李姐站在7楼的窗前向外望，看着外面蓝蓝的天感叹：什么时候我们能像其他人那样，3个月才来复查一次；什么时候咱俩能抗战胜利，不在医院见了。

医生每次开住院申请时，都会问我年纪。从第一年答42岁，2017年答43岁，到2018年我已44岁了。

化疗时，遇到第一次给我打针的护士小姑娘，如今已经能一针见血。当初给我扎了5针都没扎上，我还鼓励她继续。小姑娘感慨地说："我在各科都实习回来了，你还没出院啊。"

"我们还要付出多大的代价，才知道生命的意义。"

这是因乳腺癌去世的复旦女博士于娟书中的一句话。绿色的字体，在整本书的扉页上，只占据了小小的一行。

我第一次读这本书时，刚刚右乳全切，如同木乃伊般躺在病床上。那时我还心存最后的侥幸，不知道命运的大转轮已经开启。

五

很多人说，生病久了，从外形上都看得出来。生病后，尊严和美会离人越来越远，我想要努力维护，但已失去了能力。

病房里，我和李姐总看起来不像病人，因为我俩都极在乎自己的形象，任何时候都将自己捯饬得干干净净，决不允许自己蓬头垢面、歪歪倒倒。不管是化疗掉光了头发，还是被病情折腾得死去活来，我俩都以最光鲜的样子示人。

李姐每次要在医院住上 10 天。不同于其他人白天晚上都穿睡衣乱走，她每天都要换新衣服，所以每次住院，她带的最多的就是衣服。

我也曾在医院有穿睡衣的经历，因为刚做完手术，伤口没愈合，无法正常穿衣。一天早上，我在刷牙，看到镜中的自己，虽然穿着先生买的粉红睡衣，但是脸上毫无血色。身体瘦削，腰佝偻着，头发稀疏地贴在头皮，如同一具骷髅。

那以后，我再也没外穿过睡衣，每次去医院都会精心准备换洗衣物。夏天的时候，我穿过旗袍去医院；冬天的时候，我还穿过汉服。

我俩只得把热情投进假发，每次见面都互相点评，有没有紧跟潮流，换上最流行的样式。

为了撑起衣服，我和李姐还商量着戴义乳。李姐一边塞着海绵，一边说着："我要把左边装多一点。"结果戴上后，她左、右两边乳房大小不一，惹得我哈哈大笑。

后来哪怕因为巨额的医疗费，我和李姐已无暇顾及新衣。我俩也会带着自嘲地互相安慰："光鲜的是人，不是衣。"我们最骄傲的就是向对方显摆："看看，我这衣服多少年了，没想到又赶上了潮流。"

2018年春节过后，天气渐渐暖和起来。再次化疗时，我穿了件红色毛衣，套着黑色背心大摆裙。因为怕冷，外面还搭了一件大衣。

到医院后，病友都夸说漂亮。李姐看了我大呼："你这裙子跳舞最漂亮了。"

"我年轻时跳交谊舞，穿大摆裙一转圈特别好看。"她一边说，一边拉着我跳了起来。李姐右手握住我的腰，左手握着我的右手。我将左手搭在她的右肩，一不小心，捏住了她PICC管。

她痛得大叫："你捏错地方了！你要手放在我肩膀上。"接着又说："我进，你退，下一步就是你进，我退。"

新病友觉得奇怪，两个病入膏肓的女人竟然还有心情跳舞。可我俩毫不在意，她教得很认真，我学得也很认真。但因为化疗，我的记忆大不如以前，常常前面学了什么，一分钟后全忘，急得李姐直跳脚。

结果是她前进的时候，我退错脚。我前进的时候，她还没退脚，我就一脚踩上去。

有时候退对了，她会说，对对，就这样。跳两步后，她将胳膊抬起来，让我转一圈，彩色的摆裙在病房里划出了一道漂亮的弧线。

文／樊燕

246

女性叙事,
是非虚构文学世界的一抹亮色

推动非虚构文学的大众化,是真实故事计划在创立之初就确定的使命。三年来,真故编辑部经手了数以万计个人写作的非虚构作品,订阅读者也超过 800 万人。

在长期的内容创作实践中,我们发现当下的非虚构写作在内容选题上可以按人群分为四大类:思考原生家庭、职业、婚恋等问题的年轻人;面对家庭压力,一边油腻一边拼搏的中年人;重视自我、思辨自我及生活的女性;以及面临老龄化社会的老年人群体。

在这其中,最为特别也最亮眼的群体就是女性群体,出现了一大批令人耳目一新的非虚构作品,内容既有关注度也有深度,深受读者朋友们的喜爱。女性叙事受到关注的核心原因是女性意识在当下社会的涌动,出现了一大批敢于发声、独立自强的新式女性。她们按照自己的想法规划人生,在职业空间里表现出色,在人生的选择上也和此前各个时代的女性群体形成较大差异。她们是新时代的弄潮儿，而作为内容创作者，我们应该关注到这一个群体的行动和探索。

有人争辩说，当下女性意识的觉醒是和女权主义互为表里的，是一线城市那些经济条件很好的女性鼓噪起来的话题，不值得大书特书。可就我们编辑部所接触的内容来看，很多经济状况不是很好，甚至地处偏远的女性，她们也在思考自己的生存境况，对女性不友好的传统说不，对女性受到侵害说不，并积极尝试改变现状，提升自己的经济和生活能力，并对身边的女性给予力所能及的帮助。

可以说，女性意识觉醒这一场思维上的变革，正在让女性挣脱一些不合理的束缚，让她们成为社会潮流中一股新鲜的活力。

在真故接触到的女性叙事中，给我印象最深刻的是一位女儿写她母亲的故事。这位母亲在 43 岁之前，是一个非常传统的家庭主妇，一心照顾丈夫孩子，为家庭的未来付出。然而，她最终发现自己的努力操劳并没有改善家庭的环境，甚至家里的一些亲人还把她当成一个"保姆"，言语和行为上不尊重她。于是，她决定从家庭里出走，彻底地按照自己的想法去生活，变成了一个"杀马特"的妈妈，烫发、谈恋爱、站在马背上骑马，被女儿教训"能不能像别人家的妈妈一样"。

这是一个特别底层的女性故事。生活在小镇上的中年女性从家庭出走，挣脱传统社会对女性性别和身份设置的藩篱，重新定位自己的人生价值，这需要非常大的勇气，也要有很坚强的内心支撑。毕竟，在这条自我寻找的路上，作为母亲的女性还必须要跨越儿女这一道关卡。在中国数以万计的小镇上，一个小家庭的故事，却让人在捧腹和热泪之间，看到了一个女性在现实生活中的困境和挣扎。

文学史上有一个很经典的问题：娜拉出走后怎么办？此前，我们很难想象这样的问题会出现在当下中国的一个普通家庭，一个普通的中国女人在真实的生活中，探索着这一个文学命题的答案。在这个故事最后，女儿长大了考上大学，身为女性的她逐渐理解了母亲的叛逆，也谅解了母亲。

正是这些鲜活又有生命力的女性叙事，让我和编辑部的同事们萌生了做这本书的想法，我们想用一本书的体量，较为全面地展现当下女性的生存状态和思考。这样既能打破单个叙事的碎片感，让这些女性的探索连缀成一幅女性图鉴，又能让不同的命运在比照之中互为镜像，感受身为女性的休戚与共。如此，可以更为深入去了解当下女性的困惑、勇气和奋斗。

我也希望这本《女性叙事》能抛砖引玉，能够推动更多女性将自我作为主体去生活、去感受，并在此基础上开始写作。在推动非虚构文学大众化的过程里，在日常的编辑工作中，我看到非常多有才华、有思考的女性写作者。她们笔耕不辍，以书写深入现实世界，剖析自我命运并审视周遭世界，在她们的努力之下，非虚构文学的世界又更大了一些。

最后，我想祝福女性，祝福非虚构文学。谢谢大家。

雷磊

2019 年 9 月 28 日

真 实 打 动 世 界

真实故事计划

真实故事改编

新浪微博：@真实故事计划
官方网站：http://www.zhenshigushi.net
投稿邮箱：tougao@zhenshigushijihua.com